# BLOODY DOLL

KITAKATA KENZO

# 冬に光は満ちれど

北方謙三

冬に光は満ちれど
BLOODY DOLL
KITAKATA KENZO

目次

1 クラブ……7
2 バーテン……15
3 血の匂い……26
4 客……35
5 南十五マイル……45
6 パレス……56
7 塀……64
8 海坊主……75
9 夜の影……82
10 プロ……92
11 仮面……103
12 花束……114
13 札……123
14 崖（がけ）の道……131
15 太刀筋……142
16 二人組……152
17 一族……161
18 尻尾（しっぽ）……169

19　茄子（なす）……178
20　従僕……189
21　隠居……199
22　人形……207
23　食後酒……216
24　湯船……225
25　素顔……233
26　約束……244
27　夜……256

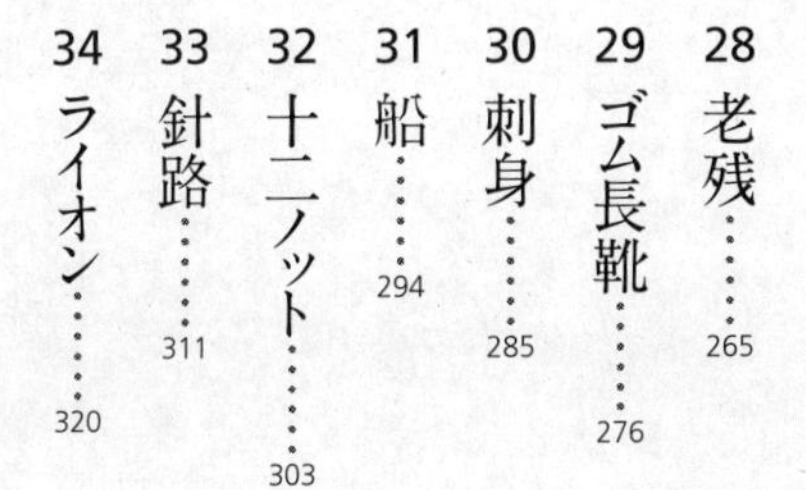
28　老残……265
29　ゴム長靴……276
30　刺身……285
31　船……294
32　十二ノット……303
33　針路……311
34　ライオン……320

# 1　クラブ

目立つ男ではなかった。

百人の人間の中にいると、紛れてしまう。名前を呼ばれるとしても最後で、誰もが聞き逃し、本人が手を挙げたとしても無視されてしまう。そういう男だ。

ほとんど手掛りもなく捜すのは、やはり難しそうだった。

この街の人口は一万八千ほどで、昼間はその二倍にはなるらしい。そして何千人か何万人か知らないが、観光客もいる。いや、観光客とは言えないのかもしれない。一番安いホテルでも、かなりの値段を取る。金持ばかりが集まる、リゾートというやつだ。

私は、マスタングを路肩に寄せた。ありふれた車だ。この街を二時間ほど走り回っても、一台も出会いはしなかったが、それでもありふれている。スタイルも、色も、転がしている人間もだ。

幼いころ、私はマスタングという車に憧れていた。それだけの理由で、私はマスタングを買った。望みというやつ。満たされたことは、一度もない。名前だけ同じ、別の車で満足するしかなかった。

助手席のコートを掴んで、車を降りた。着るまでのことは、なさそうだった。舗道をちょっと歩いたところに、『スコーピオン』という喫茶店の看板が見える。
扉を押すと、女の声が迎えた。私は、窓際の席に腰を降ろした。コーヒーを頼む。夜は酒も飲ませるのか、カウンターの棚にはウイスキーが並んでいた。

「キリマンジャロか」

運ばれてきたコーヒーの香りだけで、私はそう呟いた。ええ、という女の子の返事が返ってくる。話しかけたわけではなかった。しかし幸先はいい。

くわえていた煙草を消した。キャメル・フィルター。それ以外は喫わない。受け皿ごと、コーヒーに手をのばした。そうやって飲むのも、私のやり方だった。

私のやり方が、そう沢山あるわけではなかった。両手の指で数えられるほどのやり方があり、それが私を縛りあげている。それだけのことだ。

味は悪くないコーヒーだった。ネルで漉しているようだ。受け皿を持ったまま、冷める前に私はコーヒーを飲み干した。

どうやって、捜せばいいのか。新しい煙草に火をつけて、私は考えはじめた。どこかのホテルに泊まっているにしても、これでは捜すのは大仕事だった。警察手帳でもないかぎり、ホテルのフロントも宿泊客のことを喋りたがらないだろう。金持相手ということは、そういうことだ。

相手の名前だけは、わかっていた。しかし電話帳にはなかった。S市の市役所でも、調べはつかなかった。

愚図愚図はしていられない。市来が家を出たのは、二日前なのだ。

「久納さんって知らないかね？」

カウンターにあるレジへ行った時、私は言った。

「久納義正という人で、この街に住んでるはずなんだがな？」

相手の名前を出すのは、賢明なやり方ではない。しかし、糸はそれ一本しかないのだ。

「さあ」

カウンターの中の女が、髪をかきあげながら言った。コーヒーを運んできた女の子とは違う。この店の経営者だろう、と私は見当をつけていた。

「この街へ来れば、たやすく見つかると思っていたが、誰も知らなくて閉口してる」

「あたしも、知りません」

女の表情が、いくらか不自然だという気がした。気がしただけだ。どんなことでも、手掛りにしたいという気持が、いまは強すぎるのかもしれない。

「参ったな」

「そうおっしゃられても」
二十七、八だろうか。三十にはなっていないだろう。ちょっとそそるような眼をした、いい女だ。コーヒーの淹れ方も、悪くなかった。

「この街の生まれかい？」

「ええ、まあ」

「ここ十年ばかりの間で、ずいぶん変ったらしいね、この街は」

「そうですね」

女は、表情を動かさなかった。私は、千円札を出し、釣りを受け取った。

「おかしな街だが、コーヒーは悪くない」

言って、私は店を出た。

私の車は、大人しく私を待っていた。荒馬(マスタング)などではない。飼い馴(な)らされた、遊園地の馬といったところだった。アメ車も、変ったものだ。

もう一度、街を走り回った。旧市街と新興住宅地は一戸建が多い。趣きはまるで違っていて、旧市街の方は家が軒を寄せ合って密集している。新興住宅地の方は、洒落(しゃれ)た造りだ。庭は広く、数も少ない。建築中の家もあった。ほかに一軒屋というと、西のはずれの別荘地ぐらいのものだろう。

コンドミニアム、保養所らしい建物、競技場、テニスコート、プール、病院などが、東の端の山の下に集中している。神前(かんざき)川という川が街を二分しているが、市街の拡(ひろ)がりは東側で、西側は別荘地と海際に十軒ほどのホテルと、それからヨットハーバーがあるだけで、あとは広大な植物園や梅園や公園、それに森があるぐらいのものだった。

夕方になっていた。

私は東のはずれの一番貧相に見えるホテルを選んで入った。海に面していないし、打ちっ放しのコンクリートだし、駐車場には大していい車が駐まっていなかったからだ。それでも、私が泊まるには豪華すぎるホテルのように思えた。ビジネスホテルを捜したが、一軒も見つからなかったのだ。

部屋も豪華なもので、ツインルームのシングルユーズという扱いもしてくれた。それは、部屋へ入ると、私はシャワーを使った。小さなバッグひとつが、私の荷物だった。それは、ポーターには持たせなかった。下着が数枚と、ちょっとずっしりとした、重たいものが入っている。

外は暗くなりかかっていた。海際のホテルとはいくらか落差があり、窓からは海が見える。その海も暗い色を湛えていて、闇に呑みこまれそうになっていた。

セーターの上にコートを着て、私は外へ出た。車を転がすか、タクシーに乗るしか、移動の手段はなさそうだった。ブルーグレー・メタリックのマスタング。自分でそういう色だと思いこんでいるだけで、ブルーがかったメタリック車というように過ぎない。

私は、まずレストランを捜した。小さな、カウンターだけのスパゲティの店があった。

そこでビール一本を飲み、ミートソースのスパゲティを腹に押しこんだ。

それから、繁華街を歩きはじめる。ホテル街の静けさとは違って、袖看板の明りがいくつも重なっていた。人も少なくない。さすがに、温泉地のようなドテラ姿はなかった。

私が入ったのは『パセオ』というクラブだった。入ってから、高級過ぎる店だと思った。カウンターに腰を降ろし、ビールを頼んだ。女の子も断った客に、バーテンは嫌な顔も見せなかった。

カウンターには、大柄な男がひとりいるだけだった。コニャックをストレートで飲んでいるが、女の子をそばに座らせてはいない。

私はチビチビとビールを飲んだ。

「久納義正という人を、知らないかね？」

そばに来たバーテンに、私は訊いた。

「この街の人だという話だが」

「さあ」

バーテンは、しばらく間を置いて言った。どこか曖昧な表情が漂う。『スコーピオン』という店の、髪の長い女の反応とも似ていた。

「久納さんという家は、この街にあるんだろう？」

「私は、隣のS市から通ってきてましてね。この街の人のことは、ちょっとわかりかねます」

「客に、そういう人はいないんだね？」

「はい、いらっしゃいません」

今度は、はっきりとバーテンが言った。

店内が暗くなった。ショーがはじまるようだ。私はカウンターのスツールをちょっと回し、ステージの方へ躰をむけた。もうひとりのカウンターの客も、そうしていた。

女が出てきた。服を脱いだりするわけではなく、シャンソンを唄っただけだ。

唄は、いつもなんとなく聴くだけだ。それでちょっと悲しい気分になったり、淋しい気分になったりするのだ。女の唄は、どこか気怠い感じで、しかし底の方に悲しみが滲んでいた。うまいのかどうかは、私にはわからない。

四曲で終りだった。終るまで、客席はしんとしていた。拍手を受け、女はあっさりと退がっていった。

店内が、再び明るくなった。

「新しい唄って、これだったんですか？」

カウンターに、もうひとり増えていた。革ジャンパーを着た男で、前からいた大柄な客と喋っている。

「俺、明るい唄をうたって欲しいな、三崎さんには」

「それを、俺に言うな」

「三崎さん、俺を馬鹿にしそうだしな。俺は唄なんてものがわからない男だって思われてる」

「人生の塩辛い部分と、唄は背中合わせなんだそうだ。おまえにわからないはずはない、とれい子が言ってたよ、ソルティ」

「わかる気もするんですが、言葉じゃいい表わせない。群先生とは違いますからね」

歌手の名が、三崎れい子というらしい。店の入口に、ポスターが張ってあるわけでもなかった。多分、店の専属の歌手なのだろう。

店内は、また人声で満ちていた。私は、まだ半分残っているビールを、自分でグラスに注いだ。バーテンが慌ててやってきて、頭を下げた。

「済まないな」

「なにがでございましょう？」

「ビール一本しか飲めない」

酔うから飲めないのではなく、懐具合を考えたら飲めないのだ。

「お客様に変りはございません」

「やくざ者のいやがらせとは思わないでくれ。すぐに退散するよ。俺はなんとか、久納義正という人物を見つけなけりゃならないんでね。それまでは、この街にいなきゃならん。金のかかる街だ」

バーテンはなにも言わず、軽く頭を下げただけだった。

## 2　バーテン

店を出て、しばらく歩いている時だった。

男が、後ろから追いかけてきた。ショーの間にカウンターにやってきていた、革ジャンパーの男だ。尾行るという感じではなく、用事があって追いかけてきたとしか思えなかった。

「なにか？」

ふりむいて、私は言った。

「あんた、人を捜してるのか？」

「久納義正という人物だがね」

男は、三十をいくらか過ぎたという歳恰好だった。柄がいいのか悪いのか、さっぱり見当がつかない。組織に入っているやくざ者ではないだろう、ということがなんとなくわかるだけだ。

「一杯、やらないかね？」

「理由がない」

男が、久納義正という名にひっかかってきたことは、ほぼ間違いがないだろう。その分だけ、警戒もした方がいい。

「あんたが捜している人間について、訊きたいことがあってね」

「知っているのか?」

「ああ、知ってるよ」

あっさりと、男は言った。

「どこに、住んでいる?」

「いまのところ、教えたくはねえな。あんたの話を聞いてからさ」

「いいだろう」

私は頷(うなず)いた。ただ、一杯やりながら喋りたくはない。

「どうってことねえ店さ」

酒一杯にありつくために、男がわざわざ追ってきたとは、どうしても思えなかった。革ジャンパーは、無造作な着こなしだが、結構高価そうだ。いわゆる、薄汚れた感じが、男にはなかった。

「コーヒーを飲みながらにしないか。ちょっと行ったところに、『スコーピオン』という店がある」

「この街で、俺が一番行きたくない店のひとつだな。気にしないでいい。俺の方から声をかけたんだ。俺が奢(おご)る。もっとも、大袈裟(おおげさ)に言うほどの店じゃねえが」

私の気持を見透かしたようなことを、男が言った。にやりと笑う。歩きはじめた男に、私は付いていった。

小さな店だ。『てまり』という袖看板に、私はちらりと眼をくれてから、男に続いて店に入った。カウンターに並んで腰を降ろす。ファドがかかっていた。ポルトガルの演歌のようなもので、これだけは私も知っている。ファドのCDを山ほど集めていた女と、一年ほど付き合ったことがあるからだ。

悲しみだけを強調した唄。アマリア・ロドリゲスという歌手。かかっている唄を、私はすぐにそう聴き分けることができた。

男がなにも言わないのに、酒瓶が出された。見馴(みな)れない酒だ。若月(わかつき)というネームタグがぶらさがっている。

「この街でツアー会社をやっててね。若月って者(もん)だ。社長には、また首を突っこむのかと笑われたが、性分でね」

「君が、社長じゃないのか？」

「俺は、小さなツアー会社。むこうは、ホテル・カルタヘーナの社長だ」

「君を、ソルティと呼んでいた人か、あの店で」

「そうだよ。俺をソルティと呼ぶ人間が、この街に何人かいる。そう呼ぶのを許さざるを得ない、という人間だ」

「俺は、田中という者だ」

「おい、名前なんてのは記号みてえなもんで、どうでもいいという考え方もあるが、ちゃんと名乗ってる人間には、礼儀を心得ろよ」

「そうだな」

私は、ボトルのネームタグに、もう一度眼をやった。

「俺は、山南(やまなみ)という。東京から来た。東京じゃ、漠然としすぎているかな？」

「いや。よそから来た。そういう意味では、はっきりしてるよ、山南さん」

酒が、グラスに注がれていた。ストレートで、チェイサーが添えてある。

「ウイスキーだ。シングルモルト。正確にはアイラモルトというスコッチの一種で、ちょっとピートが効いている」

「スコッチはスコッチだな。しかし、ラベルはどう読む？」

「ブナハーベン。何語かは知らんが、そう読めるだろう。ゲイル語なんかが使われてるシングルモルトが多い、と博識の小説家が言ってたことがあるが」

「いいのかね、御馳走(ごちそう)になって？」

「くどいな。それに用心深い。ただの勤め人じゃないだろう」

「ただの勤め人だ」

この五年ばかり、そうだった。いまは職を持っていないし、五年前までは違う仕事をしていた。それは、勤め人などと呼べるものではなかった。

「久納義正を捜してる、と言ったな？」

「ああ」

「捜してるか。笑わせるね」

若月が、酒を呷（あお）った。私も、ひと口だけ口をつけた。確かに、ウイスキーだった。コニャックほど香りはなく、バーボンほどメローでもない。

「笑わせるとは？」

「俺が笑いたくなった。それだけのことさ」

「勿体（もったい）ぶるなよ。教える、と言ったじゃないか」

「言ってない。知っているが、教えたくはない。そう言ったはずだ。おかしな思いこみはしないでくれよ。あんたの話を聞いてから、教えるかどうか決める」

「捜してる」

「なぜ？」

「用があるからだ」

「どういう用だね？」

「それは、俺の個人的な問題で、君に喋ろうとは思わんよ」

「なら、俺も教えるのをやめとこう」

「その気がないなら、はじめから知ってるなどと言うなよ」

「まったくその気がないわけじゃない。条件は、最初から言ってる」

若月の言う通りだった。どういう話をデッチあげるべきか、私はしばらく考えた。

「会いたがっている人間がいる」

「ふうん」

「代りに、俺が捜している」

「どうして、そいつが捜さない？」

「もう、捜せないからだ。久納義正に会って、その男が会いたがっていた、とだけ伝えたい」

「なるほど」

「それだけの用事なんだ」

「わかった」

若月が言う。グラスにはもう二杯目が注がれていて、それをまたひと息で飲み干した。

「半分は、信用した」

確かに、私は半分ほんとうのことを喋っていた。私ではなく、別の人間がほんとうは久納義正を捜している。私が捜しているのは、その人間の方だ。

「半分だけ、俺も教えてやろう。久納義正は、この街に住んじゃいない。いつも、この街をじっと見つめちゃいるがね。この街にやってくることも、ほとんどない」

「どこに住んでいる？」

「この街以外の、どこかだ」

「答になってないな」

「充分、答になってる。この街をいくら捜しても、久納義正は見つからん。それは確かだからだ」

「絶対に見つからん、と言いきれるのかい、若月さん？」

「言いきれる。俺が知っているかぎり、久納義正がこの街に足を踏み入れたことはないね」

「わかった。捜すだけ無駄か」

「そういうことだ」

若月が、煙草に火をつける。私は、カウンターの酒を飲み干した。スコッチという感じはある。それだけで、格別うまいとも思わなかった。二杯目を注ごうとするバーテンを、私は手で制した。

「知っているのに、隠さなけりゃならないような男なのか？」

「どういう意味で言ってるのかわからないが、確かに大物だね」

あの男が狙（ねら）っている。小物であるわけがなかった。

「飲めよ、もう一杯」

「他人に奢られるのは一杯まで、と決めている」

「なら、勝手にするさ」

店にはブースが二つあり、それぞれに三人の客がいて、女の子がひとりずつ付いていた。まだ、アマリア・ロドリゲスの唄声が続いている。

「躰に、傷がいくつあるんだ、山南さん?」

若月が、ちょっと声を潜めて言った。私は、ナイフを遣うことが多かった。その分、相手の刃物を受けたりもする。縫った傷が、八つといったところだ。

躰の傷のことを訊かれても、私は意表を衝かれたような気分にはならなかった。といって、若月に同業の匂いを嗅いだわけでもない。不思議な男だった。

「八つぐらいかな」

「俺の方が、二つ少ない」

「同じようなものだ。そういうのを、目糞が鼻糞を笑うというんだ」

「なるほどね」

若月は、三杯目をひっかけた。話はそれで終りというように、カウンターの中のバーテンと喋りはじめる。若いバーテンだが、どこかに凄味があった。口数は少ない。海の話をしているようだ。

「こいつ、ボスに死なれてから、すっかり人格が変っちまってね」

私の方を見て、若月が言った。バーテンは、なにも言わず、眼を動かしもしなかった。

「男ってやつは、変るね。ちょっとしたきっかけで、別人のようになってしまうことがある」

「そうかね」

「こいつは、ガキのころはいろんな問題を起こしたやつだが、何年か前からこの街に住むようになって、人が変った。ボスが死んで、また変った。変りようがないところまで、この若さで行っちまった、と俺は言ってるんだ」

バーテンは、表情を動かさなかった。ブースの方から、カクテルの註文を女の子が伝えにきた。バーテンは無表情のまま頷き、シェーカーに手をのばした。

見事な手並みだった。シェーカーの振り方は大袈裟ではなく、それでもしっかりと酒が氷をくぐっているという感じがする。グラスに注ぐ量も、ぴったりと決まっていた。

「ボスが死んでから、毎日毎日、こいつはシェーカーを振ってたんだ。昼も夜もさ。ボスにシェーカーの振り方をうるさく言われていたのに、気を入れた練習もしなかった。シェーカーを振るのが、この男なりの弔いだったんだろう」

「お喋りな男だな」

「俺のことかい。まあ、沈黙ってやつが、どうにも好きになれねえと思ってくれ」

「そのくせ、肝心なことは喋らん」

「お喋りってのは、そういうもんだよ」

若月が笑った。

「これ、君の趣味かね？」

BGMのことを、私はバーテンに訊いた。

「水曜日は、ファドと決まっておりますので」

「それも、死んだボスが決めたことだ。酒の作り方から音楽まで、ボスが決めたことをなにひとつ変えようとしねえ」

「お耳障りでしたら、ボリュームを絞ることはできますが」

「嫌いじゃないんだ、アマリアは」

「ほう、アマリアときたね。ジャズの時はビリー・ホリデーなんて言い出すんじゃないのかな」

「ジャズがかかっている日もあるのか？」

「月曜と木曜。火曜がシャンソンで、金曜がカンツォーネ、土曜がロックだ。死んだボスが決めていたことでね。遺言みたいに、こいつはそれも守ってる。俺なんか、ここで飲んでて、ああ今日は水曜日か、と思ったりするんだよ」

「ボスって人、よほどできてたのか？」

「これがまた、やくざ顔負けでね。くたばり方まで、そうだった。もっとも、俺はそばにいたんだがね。宇津木は、それを許していない。俺の方がくたばればよかった、といまも思ってるのさ」

「誤解です」

宇津木というのが、バーテンの名前らしい。誤解ですと言った顔から、なんの感情も読みとれなかった。

「いいんだ。俺は憎まれたいんだ。憎まれて当然なんだよ」

「やめてください」

「ああ、やめるさ。もうやめる」

若月は、またグラスのウイスキーを口に放りこんだ。酔っているようには見えない。

私は煙草をくわえた。素速く、宇津木が火を差し出してくる。

「思い出したかね、若月さん？」

「なにを？」

「久納義正という人物がいる場所」

「忘れたな。飲みすぎたようだ」

「思い出させてやってもいい」

「ほう。自信ありってわけか。俺もぶちのめされたら、思い出すかもしれん」

「いずれ。今日来たばかりでね。いずれ思い出して貰うことにする」

宇津木は、やはり無表情だった。私は二、三度続けざまに煙を吹き、灰皿で揉み消した。

### 3 血の匂い

朝から、駈け回った。

久納義正という名を何度も出したが、ほとんど反応はなかったと言ってもいい。あるとしたら、『スコーピオン』の髪の長い女が見せた、微妙な態度と似たものだけだ。

私が捜しているのは、久納義正ではない。久納を捜している男を、捜しているのだ。このまま久納を捜し続けることが、得策かどうかはわからなかった。手掛りとして、久納義正という名があるだけなのだ。

久納姓が、この街にないわけではなかった。神前亭という旅館の社長が久納姓だったが、名は違っていた。旅館も訪ねてみたが、呆気にとられるほど広大な旅館で、番頭にでも会えるかもしれないと思っていた私は、若い社員にあっさりと追い返された。久納義正については、微妙な表情を見せただけで、なにも言わなかった。

午後に、宿を移った。寮や保養所がある一角に、小さなビジネスホテルを発見したのだ。料金は、四分の一だった。そこでも、私には充分だった。ベッドがあり、トイレもバスもあり、窓まであった。

あまり、懐具合の心配をしなくてもいいようになった。現金しか持ち歩かない。持っているカードは、銀行のキャッシュカードだけだが、口座の残高はわずかなものだった。

「一杯、奢ろうと思ってね」

午後四時に、私はホテル・カルタヘーナの中にある、ムーン・トラベルのオフィスを訪ねた。会社名だけを若月に聞いていたが、調べるとすぐにそれはわかった。

「風向きが変ったな」

若月は、奥のデスクにいた。オフィスには、無線機なども備えてある。

「奢られっ放しじゃ、ぶちのめすわけにもいかないんでね」

「それはまた、礼儀を心得てるってわけか。遠慮なくと言いたいところだが、今夜は駄目でね。そっちが今夜だと言うなら、チャラにしてやってもいい」

「明日の夜もある」

「そうか。ところで、久納義正は見つかったかね？」

「いや」

「見つかるはずもないよな。この街にはいないんだから」

「言う気はないんだな、やはり」

「目的を言えよ。本当の目的だ」

私は、カウンター越しに若月と睨み合っていた。オフィスといっても、ツアーデスクも兼ねているようだ。カウンターには、数種類のパンフレットが並んでいる。

「久納義正を殺しに来た。これでいいか？」

「上等だ。俺も教えてやるよ。久納義正ってのは、仮の名でね。ほんとは若月真一郎というんだ。つまり、俺のことさ」

顔を見合わせ、どちらからともなく笑った。

「じゃ、明日、殺すことにする」

「待ってるよ」

笑ったまま、言い合った。私は笑顔を崩さないまま、ムーン・トラベルのオフィスを出た。

ホテル・カルタヘーナも、ばかでかい規模らしい。本館には客室はなく、フロントとテナントと喫茶室があるだけのようだった。神前亭といい勝負だろう。

駐車場の車に戻り、エンジンをかけた時、ベントレー・ターボが走りこんできた。運転しているのは、昨夜『パセオ』のカウンターで見かけた男だ。つまり、このホテルの社長というわけだった。

グリーンのベントレーが、従業員用の駐車場にむかうのを見て、私も車を出した。正門ではなく、ベントレーのあとを付いていく。

男が降りてくるところだった。私も車を停めた。男の眼が、私の車にむいてくる。私は車を降りた。ガードマンが飛んできた。ここは従業員用の駐車場だと、かなり厳しい口調で言いたてる。

「いいよ、俺に用事だったんだ」

男が言うと、ガードマンは直立し、踵を返した。男は、車のそばまで歩いてきた。五十をいくつか超えているだろうが、がっしりした体格で、百八十センチはありそうだった。

「マスタングか。変ったもんだな」

「昔のマスタングに、憧れてました」

「マーク2がよかった。名前とエンブレムだけは残ってるってわけだ」

「エンジンが、まるで駄目ってわけじゃないですよ」

「オートマチックじゃな」

「ベントレーだって、そうでしょう？」

「まあ、コラムシフトじゃないだけましか」

男が、声をあげて笑った。車に興味を持ったのか、私に興味を持ったのか、よくわからなかった。車の中にむけていた眼を、私の方に動かした。

「若月って男を訪ねてきたんですがね、きのうの夜、『パセオ』で一緒のところを見かけたんで」

「それで、ソルティには？」

「会いましたよ」

「久納義正の居所を調べていたんだよな。教えてくれたか？」

　私は首を振った。

「ソルティも、面白がっているだけじゃないってわけだ」

「ひとりの人間の居場所が、そんなに秘密なんですか？」

「まあな」

「俺には、見つけられない、と思っていますね？」

「いや。本気で捜しているようには思えん。それだけのことさ」

「本気ですよ」

「多分、そうなんだろう。しかし、ソルティにも俺にも、本気とは思えんというわけだ。久納義正がどこに住んでいるかなんて、訊くだけ馬鹿げている。それもわからないで訊き回っているのなら、本気じゃない。ということは、別に目的があるということだ」

「久納義正ってのは、そんなに大物ですか？」

「どうかな。頑固な老人だがね」

　この男も、久納を知っている。知っている人間が、この街にはかなりいるに違いない、という気がした。それなのに、どこに住んでいるのかさえわからない。

「なにか、身を隠さなけりゃならない事情が、久納という人にはあるんですか？」

「ない」

「それなら」

「見つけられないやつの、間が抜けている。それだけのことだ」

「意地になってきたな、俺も」

「勝手に意地を張れ。もっとも、俺は君が意地を張るタイプの男だとは思ってない。陽気そうに振舞っているが、眼は暗い。ソルティも、そのあたりは見分ける」

「暗けりゃ、どうだって言うんです？」

「いやなことをはじめる。まわりが憂鬱になるようなことをな。俺は止めんよ。干渉もしない。勝手に、やりたいことをやればいい」

「おかしなことを、言いますね」

「いやというほど、君のような眼を見てきた」

男が煙草をくわえ、デュポンで火をつけた。私は、ズボンのポケットに手を突っこんだ。手が冷たかった。手だけは冷やさない。そういう習慣が、身についてしまっている。

「血の匂いもさせているな」

私の全身を見回して、男が言った。

「もっとも、この街は見かけによらず、血の匂いだらけだがね。俺も、血の匂いはあまり気にならなくなった」

「山南という者です」

「俺は、忍という名だ」

「立派なホテルですね」

「コケ威しさ。俺が言ってるから、間違いはない」

忍が笑い、携帯用の灰皿を出し、煙草を消した。それから背中をむけると、歩き去っていく。一度もふり返らなかった。さっきのガードマンがやってきて、決められた仕事のように、私のそばに立った。

「行儀の悪い社長だね」

言ったが、ガードマンは返事をしようとしなかった。

私は車を出し、正門から出た。さりげないが、監視カメラまで付いた門だ。

街の中を、東西に走る道は日本名で、いかにも古いという感じだ。南北の通りは、なぜかスペイン語だった。ホテル・カルタヘーナを出たところが須佐街道で、左へ行けば一の辻という交差点にぶつかり、そこを右に曲がるとリスボン・アヴェニューという具合だ。

私は一度ホテルへ戻り、風呂に入って髭を当たった。ビジネスホテルの風呂は、膝を折り曲げて入っても、胸のあたりまでしか湯に浸れなかった。

市来は、もう久納義正を見つけたのか。だから、誰もが久納の居所を隠そうとしているのか。片方ずつ肩を湯につけながら、私は考えはじめた。

もう六十五だ。六十で完全に足を洗ったのに、五年も経(た)って、なぜまた仕事(ヤマ)を受けたのか。五年の間、一度も会っていなかった。それも、市来が決めたことだった。美恵子(みえこ)から電話があった時、市来が倒れるか死ぬかしたのだろう、と私はとっさに思った。仕事(ヤマ)を受けたらしい、と美恵子は言った。

美恵子にも、確信があるわけではなかったのだろう。ただ、強い予感はあったらしい。

そして、市来が姿を消した。

この街と久納義正の名。断片的な美恵子の話を整理して、出てきたのがそれだけだった。それだけでも失敗(ドジ)だ。女房に標的(マト)の名と場所を知られてしまうことなど、昔の市来からは想像もできない。老いぼれたのだ。仕事を受けたのは、血迷ったからとしか思えなかった。止めるしかなかった。止めることができなければ、自分が代って仕事(ヤマ)をこなすしかない、と私は決めていた。

十九の時に、市来に拾われた。十四年、市来と仕事(ヤマ)を踏んできた。私を拾った時の市来は四十六で、仕事(ヤマ)をこなすには充分すぎるほど歳をとっていた。それまでの仕事の報酬で、ひと財産作れたはずだが、市来はほとんどの金を博奕(ばくち)に遣ったらしい。それは、私を拾ってからも変らなかった。

美恵子と一緒に暮すようになったのは、市来が五十の時だった。美恵子はもともと私の女で、私が捨てたとも知らずに、好きになったのだった。美恵子は私より二つ下だったから、いまは三十六だ。

十年間、仕事（ヤマ）を踏む時以外、私は市来と会わないようにしていた。それでも、会っていきなり仕事（ヤマ）というわけにはいかない。何度も打合わせをしたし、標的（マト）を狙って二カ月も一緒に暮したこともある。

市来が、私と美恵子の間のことを知っているのかどうか、いつも気になった。市来の女に手を出したわけではなく、私が捨てた女と市来ができたのだと思っても、裏切っているという感じがいつもつきまとった。

電話が鳴っていた。

私はバスタオルを腰に巻いて、受話器をとりにいった。バスルームに電話などない。

「村川屋さん？」

酔った女の声だった。私は黙っていた。

「村川屋さんでしょうが。返事ぐらいしたらどうよ。どうせあたしは酔っ払いさ。昼からずっと飲んでて、店には出れそうもないわよ。あんたが来るといけないと思ったんで、電話してんの」

「人違いだな」

「なんだって？」

女が部屋の番号を言った。私のいる部屋だった。

「村川屋とかいう人は、チェックアウトしたんだろう」

「どういうつもりよ」

「俺に訊くな」

私は受話器を戻した。

外は、もう暗くなりはじめている。

## 4　客

口あけの客のようだった。

宇津木はカウンターの中から、軽く頭を下げた。女の子は、まだ来ていないようだ。ジャズが流れていた。

「ウイスキーを、ストレートで一杯」

「銘柄はございますか？」

「ジャック・ダニエルがいいな」

「テネシーが、お好みですか？」

「酒ならなんでもいいというところはある。好みなんて柄じゃないんでね」

宇津木が、口もとだけで笑った。二十六、七というところか。三十にはなっていないだろう。手際よく、ジャック・ダニエルを注いだ。

「二十七ぐらいか？」

「二十五です」

「思ったより、若いね」

宇津木は、また頭を下げた。私がくわえた煙草に火を出してくる。

「おかしな街だな、ここは」

「よそからお見えになると、そう思われるかもしれませんね」

「途方もないホテルと旅館がある。あとのホテルも、よそじゃ立派だろうが、ここじゃかすんで見えるね。値段も、相当なものらしいし」

「ホテル・カルタヘーナと神前亭は、この街でも特別です」

「泊まる人間の、顔が見てみたい」

かすかなほほえみが返ってきただけだった。私はジャック・ダニエルを口に放りこんだ。二杯目を注ごうという仕草を宇津木はしたが、私は首を横に振った。

「俺がくれと言うまで、注がないでくれ。注がれただけ、飲んじまう方でね」

宇津木が頷き、流し台の方へ行った。洗いものがあるわけではないらしく、ダスターを丁寧に洗濯していた。

私はまた、美恵子のことを思い出していた。女と暮しはじめたと市来が言い、レストランで引き合わされた時は、なんのいたずらなのか、と私は思った。美恵子は平然としたものだった。娘みたいなもんで、俺も照れちまうが、男と女なんだ。市来はそう言った。市来はそれまで、私に女っ気を見せたことがなかった。五十で、娘のような歳の女と暮す。悪くない、という気もした。相手が美恵子ではなかったらだ。

市来は、三鷹の一戸建に住んでいた。自分の家のように私は出入りしていたが、美恵子が入ってからは行かなくなった。私が気を遣っていると市来は思ったようだが、私はただ危険なものを避けているだけのつもりだった。

時には、美恵子が電話に出ることもあった。私はちょっと戸惑ったりしたが、美恵子は平然としたもので、山南さんよ、と市来を呼ぶ声がしたものだった。

五十をいくつか過ぎたころから、絵図を描くのは市来で、私が実際の仕事を踏むということが多くなった。年齢を考えると、当然のことだった。

その市来が、六十五になって、また仕事を踏もうとしている。それに美恵子が気づき、止めてくれと頼んできた。

市来と私がどういうことをしていたのか、美恵子はよく知っていたのだということが、その時はじめてわかった。気になっていたことのひとつは解決したが、別の問題を抱えこむことになった。市来が、そう簡単に見つかるとは思えなかったのだ。

市来は、腰を据える。七分三分では、動こうとしない。八分二分でもどうか。九分通り標的(マト)を倒せると確信した時、はじめて動く。だから時間はかかるが、失敗は少なかった。長年のその方法を、変えることはできないだろう。

マンションの一室を借りて、二カ月暮した時は、その粘り強さにうんざりしたぐらいだった。食事はコンビニで買いこみ、近所の人間に怪しまれないように、ずっと父子(おやこ)で通し、標的(マト)の家を見張った。粘りがなくなったら、必ず失敗(ドジ)る。それを、市来は言い続けた。いまならと私が思った瞬間も、市来は止めた。二カ月後、私たちは完全に標的(マト)の動きを把握していた。マンションからは数百メートル離れた建物の屋上から、夕方、標的(マト)が庭に出てきたところを倒した。その時は市来が撃ち、距離四百で、一発だった。四百の距離になると、風の計算も必要になる。狙い澄ましたという感じで、即死と新聞には出ていた。

それほど用心深い男だったから、失敗(ドジ)は二度しかなかった。標的(マト)が死ななかった。ひとりは植物人間状態で生き続け、もうひとりは重態だったが回復した。植物人間にしたということを、市来はひどく後悔していた。一瞬だと、自分が死んだことも気づかない。そういう殺し方以外は、素人の仕事だと言っていた。ナイフを遣わなければならない時も、決して腹などは刺すなと私に言い続けた。首の動脈を斬(き)るか、胸をひと突きにするかだ。

足がついたことはない。警察(サツ)に嗅ぎ回られたことさえなかった。仕事(ヤマ)を受けるのは市来がやり、それには私にもわからない巧妙で複雑な方法がとられていた。だから、市来が引退（あが）った時、私もやめた。

電話で仕事（ヤマ）を受ける。それも美恵子にわかってしまう。この五年ですべてにだらしなくなり、本物の老いぼれになってしまったに違いなかった。

老いぼれは老いぼれらしく、若い女房の蒲団（ふとん）に潜りこんでいればよかったのだ。そして過去を、少しずつ忘れていけばよかった。

五年のブランク。実際に動かなくなってからは、十年近いブランク。その市来が、ひとりで仕事（ヤマ）を踏もうとしている。

馬鹿なことをという思いと、なにか深い事情があるに違いないという考えが交錯していた。腹は立たなかった。止めるか、それができなければ、自分でやるしかないと私は思った。

「もう一杯、注いでくれるかな」

女の子たちが出てきた。店の中は急に華やかになり、空っぽのグラスが場違いなものに見えた。

「チェイサーは、水でよろしいですか？」

「ソーダを好む人間もいるか」

「テネシーウイスキーにこだわる方は。ケンタッキーよりちょっと癖が強くて、割る時もソーダの方がいいとおっしゃいます」

「俺は、水でいいよ」

酒は、あまり飲まなかった。市来が一滴も飲まなかったからだ。その代りに、コーヒーに凝った。豆を挽くところからはじめる。

客が入ってきた。私と同年配の男だった。

女の子には見向きもせず、黙ってカウンターに腰を降ろす。宇津木も黙ってボトルを出した。ケンタッキー・バーボンだ。

「ソルティがいるんじゃないかと思ったが、まだか」

男はカウンターに片肘をつき、私の方にちょっと眼をくれた。若月のことを、ソルティと呼んだ。この街に、何人かしかいないうちのひとりということになる。

「今夜は、いらっしゃらないと思いますが」

男は、ちょっと音楽に耳を傾ける仕草をし、ジャズか、と呟いた。

「毎週木曜日は、女の相手か。少しずつ飼い馴らされてるな、ソルティは」

「別に悪いことじゃないような気もします。若月さんには、むしろいいことですよ」

「男が、女に飼い馴らされて、いいことがあると思うか。それに女ってやつは、勝負に腰を据える。気づかないうちに、やられちまうんだよ。そういうもんだ」

「悪くない、と思います、私は」

「まあ、勝手にそう思ってろ」

男は、バーテンに注がれることを好まないのか、ストレートグラスに自分で注いだ。私は、二杯目を飲み干した。酒には、ほとんど酔わない。ウイスキーをボトル半分ひと息で飲んでみたが、なんでもなかった。ちょっと躰が熱くなった程度だ。それから、飲むのは無駄だと決めてしまった。

「久納家というのは、この街じゃ特殊な家かね？」

宇津木がそばに来た時、私は言った。

「さあ」

「神前亭の経営者は、久納姓じゃないか」

「そうですね、確かに」

「久納義正は、神前亭となにか繋がりがあるんだろうか？」

「私などに、そんなことは」

宇津木に訊いて、答が返ってくるとは思っていなかった。久納義正の名前を出して、餌を撒くことをもう一度やってみようと思ったのだ。カウンターにいる男は、食いついてきそうな気がする。

「入ってきた時、そうじゃないかと思った」

男が、私の方を見て言った。

「いくら待っても、若月は来ないぜ。やつは、木曜は忙しいのさ」

「わかってる」

「ほう。じゃ、ここで誰を張ってる」

「行くところがないだけだよ」

「久納義正を捜すなんて、どうしてそんなおかしな真似ができるんだ」

「知ってるのか？」

「忍さんから、聞いたよ。おかしなのがひとり紛れこんできてるって。ついさっきだ」

「久納義正を知ってるのか、と訊いてる」

「知ってるさ」

男は、私に眼をむけたまま、煙草に火をつけた。

「久納義正って名を、知らないやつの方が少ないぐらいだ。あんたも、なんとなくそれを感じてるだろう。それなのに、無理に訊き出したりする真似は、一切やってない。久納義正を捜してるんじゃない、と俺もソルティも忍さんも考えてるよ」

餌を撒いていることは、とうに見抜かれていたようだ。華やかなだけの、リゾート地ではない。油断できない連中も、結構いるようだった。

「俺が、別の狙いを持っていたとしたら？」

「勝手に、這い回ってりゃいいさ。久納義正を捜してるあんたを、誰も相手にしやしない。別なことをやっても、それは同じだ」

「つまり、街全体が俺を相手にしない、ということかね」

「街全体のことは、わからんよ」

「そう言ってるように聞えた」

「ここは客を迎える街でね。客でいるかぎり、誰でも歓迎される」

「ただ客としてか」

「そういうことだ」

男は、ワイルド・ターキーを口に放りこんだ。ストレートの飲み方は、若月にそっくりだった。

三杯目を注いでくれ、と私は宇津木に合図した。黙って、宇津木はジャック・ダニエルを注いだ。私はそれを、口に放りこんだ。

「波崎(はざき)って者(もん)だ。この街で、調査の仕事をしてる」

「俺は、山南という」

私も煙草に火をつけた。

「しかし、調査の仕事ってのは、一体なんだね」

「ホテルにゃ、スキッパーってやつが現われる。つまり食い逃げ、飲み逃げ、宿賃の踏み倒し。そんなのを、警察沙汰(ざた)にせずに片付けたりする。ほかにもやるよ。自殺しそうな女の監視とか、人捜しとか。つまり、なんでも屋ってやつだ」

「久納義正の居所を調べて貰うのに、いくらかかる？」

「ただだ。ただし、俺にはやる気がない」

「仕事だろう？」

「もう仕事中なのさ。あんたの目的がなんなのか調べる。依頼人は忍さんでね。そういうわけだから、あんたの仕事を受けるわけにゃいかないんだ」

「俺は、よほど胡散臭い男と思われてるようだな」

「いや。ただ、おかしな匂いがする。いやな匂いと言ってもいい。この街の一部の人間は、そういう匂いに敏感でね」

「忍さんは、俺を雑魚とは見なかった。なにしろ、あんたを雇ったんだからな」

「雑魚同士、咬み合わせりゃいいと思ったのさ。そういう男だよ、あの人は」

「なるほど」

「不愉快な思いは、させない」

「もうしてると言ったら？」

「あんたの臍が曲がってるってだけの話だ」

波崎の眼には、冷たい光がある。自分と同質の人間かもしれない、と私はふと思った。忍は、暗すぎる眼だと言った。私は、自分が暗いとは思っていなかった。なにかが、欠けている。それだけなのだ。

「このところ、仕事がなくてくさってた。あんたは、俺にとっちゃ久しぶりの客だ」

「いい客になるように、努力しよう」

「つまり、暴れ回って、いろいろ俺の仕事を増やしてくれるってことか」

私は、宇津木に四杯目を注がせた。波崎は、勝手に自分で注いでいる。客が入ってきて、奥の席で小声で喋っていた女の子たちが、声をあげて立ちあがった。

## 5　南十五マイル

波崎は、ひと晩私と付き合うつもりのようだった。

私は、繁華街のはずれまで歩いた。川にぶつかり、海際の駐車場や中央広場の手前には、古い家並がいくらか集まった地域があった。酒を飲ませる安直な店も、いくつか散在しているようだ。赤提灯(あかちょうちん)をぶらさげた店や、ドアに書いてある名がそのまま看板代りという店もある。

私の趣味ではなかった。というより、酒場についての好みは、私にはない。しかし市来が、いかにも好みそうな感じはする。市来は一滴も酒を飲まないが、赤提灯のようなところへはよく私を連れていった。小鉢の料理を並べ、お茶を飲みながらそれを食うのだ。バーも、場末を選んだ。仕事(ヤマ)で出かけると、場末のバーにボトルキープして、それは私だけに飲ませていたものだった。

「このあたりが、昔の街の中心だったらしい。街というより、村だな。漁師が住んでいたんだそうだ」

「上流の方にも、古い家があるようだが」

「そっちは農業。半農半漁って言うのかな」

「この街へ来て、どれぐらいになる？」

「まだ、一年ちょっとだな」

私は笑いはじめた。この街については、私と同じようなものだ。それが調査の仕事とは、笑わせる。人間関係もわからないようなら、できるのは食い逃げの見張りぐらいのものだろう。

「あんたも、いずれわかるさ」

「なにが？」

「この街は、特別なんだ。一年いようと十年いようと、変りはない。自分の場所があり、そこで仕事をする。みんな、それだけだよ。そうしていた方がいいからだ」

「三日もいればわかる、ということか？」

「まあな。三日は極端だが」

小さな店があった。『オカリナ』とドアにペンキで書かれている。

私は、そのドアを押した。

カウンターだけの小さな店で、壁のベニアは派手なペンキで塗られていた。中年の女がひとり、カウンターの中で煙草を喫っている。いかにも、市来が選びそうな店だと思った。仕事で地方へ行った時も、こういうバーを必ず捜し出し、夜の拠点のようにしていた。二人で別々に動き回った時、その店を待合わせの場所にする。キープしたボトルのネームタグには、必ず市山と書いた。

拠点にするためだけに、市来がそういう店を選び出しているわけではない、と知ったのは数年経ってからだ。街の空気に溶けこんでしまう。そのための場所でもあった。はじめは行商人の父子のようだった二人が、一週間もすると街の住人より住人らしくなっているのだ。

「ウイスキー、ストレート」

私が言うと、女は無愛想に頷いた。波崎は苦笑しながらビールを頼んだ。

ウイスキーは、国産の一番安いものだった。ひと息で空けた。人工的な味がする。それも悪くはなかった。

「ここは、前は『ケイナ』という店だったんだ。俺は知らんがね。それをこのおばさんが買って、はじめた」

「おばさんは余計だろうが」

顔見知りらしく、中年の女は伝法な口を波崎に利いた。

「飲めよ、一杯」

私は、女に言った。こういう店では、それが最初の挨拶だ、と市来に教えられた。

「あら、いいのかい。はじめての人に奢って貰ったりして。たまに来ても、ビールしか飲まないやつもいるのに」

言いながら、女は自分にもウイスキーを注いだ。

「あたし、悦子」

五十といったところだろう。髪にはいくらか白髪があり、染めてもいなかった。

「俺は、山南って者だよ。しばらく、この街にいるかもしれない」

「あら、旅行で来てんの？」

「まあ、どちらかと言えば、そうだろう。ボトルを、キープしてくれ」

「はじめから、そう言えばいいのに」

「最初の二杯は、挨拶だ。それから、波崎の分は勘定は別だ」

悦子が笑い、波崎が肩を竦めるのがわかった。

「オカリナの音楽でも、流してるのかと思ったよ」

「時には、流すわよ。好きな連中が集まったりするから」

悦子は、ボトルとマジックを差し出してきた。ネームタグなどないらしい。私はラベルにマジックで名前を書いた。

「おかしな街だな、ここは」

「すごいホテルや旅館があるかと思えば、こんな店もあるって言いたいわけね。あたしがここをはじめてから、そんなに時間は経っちゃいないけど、もともとはこのあたりだけにバーはあったのよ。だから、ホテルよりずっと古い。畠に、いきなりホテルが建ったってことらしいから」

「ママも、この街の生まれじゃないのか」

「S市だけどさ。子供のころ、よく海水浴なんかには来たもんよ」

私は、東京からS市へ、高速道路でやってきた。S市の郊外を通り、長いトンネルをひとつ抜けると、この街なのだ。

私は、ボトルの口を自分で開けると、グラスに注いだ。悦子のグラスも空だったので、注いでやる。

「気前のいい客だ」

波崎が呟いた。悦子の背後の棚には、ラベルに名前を書いたボトルが、二十本ほど並んでいた。常連の客が、それぐらいはいるということだ。

「なあ、波崎さん。俺は、この街に来て、誰もが知っていそうな人間を捜そうとしているのに、なぜその影も見ることができないんだ」

二杯目にちょっと口をつけ、私は言った。波崎は、スツールに斜めに腰を降ろし、上体を私の方へむけていた。

「相手が悪い」

「捜す相手がか？」

「たとえば、どこかの国へ行って、大統領はどこにいるかと訊く。政府の高官とか、そんなんじゃなく、近くを歩いている人間に訊いたりする。答えられると思うか？」

「久納義正は、大統領のようなものなのか、この街の？」

「たとえばの話だ」

「なんとなく、質問の間抜けさ加減は、俺にもわかってきた。しかし、大統領官邸がどこかぐらいは、誰でも知っていると思う」

「姫島（ひめしま）さ」

「なんなんだ、それは？」

「この街の、南十五マイルぐらいにある、小さな島だよ」

「島ね」

「姫島の爺（じい）さんと、俺たちは呼んでる。会長と呼ぶやつもいる」

「この街の大統領官邸が、姫島というやつなのか？」

「いや、爺さんは、大統領じゃないし、そうであったこともない。この街に足を踏み入れたのは、何度かしかないはずだ」

「それでも？」

「強大な影響力を持ってる。街の西側、つまり神前川のむこう側は、海岸の別荘地やホテルエリアを除けば、ほとんどすべて爺さんのものなんだ。背後の山まで含めてな。爺さんはそこに、広大な植物園や公園を造った。そのまわりは馬場で、こんな乗馬コースは日本のどこを捜してもない」

「その経営者ってわけか」

「爺さんの本業は、別にあるさ。自分の土地をそうして、街の建設に協力した。ただ、協力したのはそこまでだ」

私は、グラスに残ったウイスキーを飲み干した。

「なぜ、俺に喋る？」

「いずれわかる。わかるところへ行けば、簡単にすべてわかる。いま俺が喋ったぐらいのことならな。忍さんも、そこまではあんたに教えてもいいと言った。つまり、俺が知っている程度のことはだ。なぜ爺さんが街の建設に協力するのをやめちまったか。なぜ、この街を嫌うようになったか。それは、俺も知らん」

「わかった。感謝するよ」

「感謝はいいさ。俺はただ、おまえがこれからどうするのかに、関心を持ってる」

「爺さんと会う」

「会えんよ」

「姫島へ行けばいいんだろう」

「どうやって？」

「船が、いくらでもあるじゃないか。そこのハーバーに」

口もとだけで、波崎が笑った。

「俺も、はじめてこの街へ来た時は、そうできると思った。ところが、船なんか出せないんだ。ハーバーのヨットやモータークルーザーはほとんど個人所有でね。別荘の持主のものが多いな。それ以外は、観光用の船ってわけだ。ソルティも、一艘持ってる」

「ハーバーの船が駄目なら、どこかで漁船でもチャーターすりゃいい」

「それはできるし、時化てりゃ、姫島の港にも入れてくれる。しかし、上陸はできんよ」

「そんなに、ガードを固めてるのか？」

「単なる、人嫌いだ」

「上陸しちまえば、どうってことはない」

「ドーベルマンに襲われる。訓練したドーベルマンでね。おまけに、おっかない男もいる。ちょっと、いそうもないような男だよ」

「姫島は、完全に私有地か？」

「そうだが、漁師が住んでいる小さな集落はある。二十軒ってとこかな。それに爺さんのとこの使用人も含めて、人口は百名足らずだ。俺が知ってるのは、それぐらいかな」

「爺さんに、会ったことは？」

「あるよ」

「どんな老人だね？」

「普通の、ちょっと頑固なだけの老人。俺には、そういう印象があるだけだ」

私はウイスキーを注いだ。

「教えることは、教えた」

波崎が言い、ビールを口に運んだ。私は煙草に火をつけた。

市来の標的（マト）は、島にいる。外部から近づきにくい。これまでの市来の仕事（ヤマ）の中で、標的（マト）が島にいるなどということは、一度もなかったはずだ。市来は、どこでどうやって標的（マト）を観察するつもりなのか。市来のやり方の基本は、まず標的（マト）の観察だった。

「この街には、来ないのか？」

「嫌ってる。こんな街は、地上から消えちまえばいい、と思ってる」

「厄介だな。会えもしないのか」

呟き、私はウイスキーを飲んだ。

「ほんとうは、あんたは姫島の爺さんを捜してるわけじゃないだろう？」

「捜してる」

「なら、そういうことにしておこう。ひとつだけ言っておくが、この街はドブ泥の中で生きてるような人間が、いつまでもいられるようなところじゃない。いい意味で言ってるんじゃないぜ。俺だって、一年しか暮してないのに、もううんざりしてる」

「口では、そう言うんだよね、みんな。あたしだって、S市にいたころは、こんな街なんてどうにでもなっちまえ、と思ってたよ」

悦子が、口を挟んだ。

「ところが、居心地がいいと思う時もあるの。波崎は、つまんないなんて言ってるけどさ。ほんとは、居心地の良さの中毒にかかってるね、あたしが見たところ」

「中毒になるほど、いいところかね？」

「なんとなく、嘘みたいなとこなんだよね。嘘って言うと変だけど、架空って言うのかしら。夢の中で暮してると思いこみたけりゃ、そうしていられる。あたしなんか、そうだよ。たまにS市に行くと、突然夢が醒めたみたいで、おかしな気分になるね」

「S市に行くこと、あるのかい、ママ？」

「あたしは、ちゃんと罪は償ったんだ。気持としちゃ、後暗いとこなんてない。だから行くよ。妹が住んでるし。あたしが行くと、迷惑そうな顔をするけどね」

私は煙草を消した。悦子のグラスが空だったので、ウイスキーを注いだ。

「亭主を殺した女だって、ここじゃ忘れていられる」

人を殺すことが、私にとっては特別のことではなかった。十数年、それを仕事にしてきたのだ。事情はわからない。ただ、悦子が殺したと言っても、驚かなかっただけだ。

客が二人入ってきた。二人とも、この街の人間のようだ。悦子がボトルと水を出すと、勝手に水割りを作って飲みはじめた。

「オカリナ、吹いてよ、ママ」

「今夜は、気分が乗らない。もうちょっと、酔っ払ってなくちゃね」

「奢れって言ってんのか？」

ひとりが、おどけてボトルを抱えこんだ。

私は、勘定を頼んだ。安いものだった。『パセオ』と較べると、多分五分の一といったところだろう。

「冷えるな」

外に出ると、波崎が言った。帰る気配はない。私は車のところまで歩き、ひとりで乗りこんだ。波崎は、シルバーグレーのポルシェで、ビジネスホテルの前まで付いてきた。

# 6　パレス

久納義正が、この街から十五マイル南の島にいるとしたら、はじめから考え直さなければならなかった。この街からの観察は不可能なのだ。

一旦わかってしまうと、久納義正について新しいことをすぐに調べ出せた。S市の高層ビルに会社があり、その最上階が久納の部屋になっていることもわかった。久納は一社の社長というわけではなく、そのビルに入っている六社のオーナーという立場だった。

私はまず、東京の美恵子に電話をした。

「見つけられないってこと、山南さん？」

「難しいってことだよ。親父のやり方を考えれば、この街にいるかどうかは、五分五分ってとこだね」

「どうするのよ？」

「俺は、経過報告を入れただけさ。これからも、まだ捜す」

「ないのよ」

「なにが？」

「うちの人が、大事に収っておいたもの。あたしにも触らせようとはしなかったわ」

それだけで、なんだかわかった。スコープ付きの、ロングライフル。レミントン製のボルトアクションで、七ミリのマグナム弾を発射する。市来が、長年愛用してきて、癖まで知り尽している銃だった。

間違いなく、市来は仕事（ヤマ）を踏もうとしている。

「ないってのが、どうしていまごろわかったんだい？」

「いつものように、鍵（かぎ）がかかったままだった。我慢できなくなって、あたし、あれをこじ開けたの」

ロッカーだった。それも服などを入れるようなものではなく、銃器を入れるために、重く堅牢（けんろう）に作ったものだ。

「よく、開いたもんだ」

「バールを使って、きのうの夜までかかったわ。手は、肉刺（まめ）だらけ」

金庫ではない。複雑な番号はなく、鍵さえ毀（こわ）せば開けられる。

「大人しくしてろよ。そんなもん、開けてみたってはじまらない」

「大人しくなんか、してられないわよ。うちの人、六十五よ。正気の沙汰だと思えて？」

「俺が、連れ戻す。間違いなく連れ戻すから、待っててくれ」

「あたしも、そこへ行くわ」

「かえって邪魔さ。旅行者じゃない人間がうろついてたら、目立っちまう街だよ。そういうところなんだ」

こちらの携帯電話の番号は、教えてあった。ここへ到着してから、ずっと電源は切ったままだ。市来が家に戻ったのならともかく、それ以外のことで美恵子から連絡を受ける必要はなかった。

電話を切ると、私はS市へ出かけていった。どのビルかは、すぐにわかった。目立つ高層ビルなど、ひとつしかなかったからだ。

最上階は特別になっているらしく、エレベーターも手前で止まってしまうようだった。ビルには十数社が入っていて、久納がオーナーの会社は、最上階から下の部分の十二フロアーを占めていた。

屋上には、ヘリポートもあるようだ。

ここにいる久納を、観察する方法などなかった。ここより高い場所は、八キロほど先の山しかないのだ。その山の頂上付近から、私は双眼鏡でヘリポートの存在を確認していた。高倍率の双眼鏡を三脚に立てて覗いて、ようやく確認できる。人の動きを観察することも、狙撃することも不可能だった。

やはり、姫島を狙うしかないのか。波崎が言った通りなら、姫島に上陸するどころか、近づくのも難しそうだった。

街へ戻った。

トンネルの中で、後ろから付いてくるシルバーグレーのポルシェに気づいた。私は構わずに走り、リスボン・アヴェニューに出ると、真直(まっす)ぐに走って、『スコーピオン』の前で車を停めた。コーヒーを飲みたい気分だった。波崎がポルシェから出てきて、笑いながら近づいてきた。

「用事か？」

「あんたの目的を探るのが俺の仕事だと、昨晩言ったはずだがな」

「俺は、誰にも邪魔されずに、久納義正に会いたいだけさ」

「まあ、お茶でも飲もう。ソルティの女の店というのが、ちょっと気に食わんが」

あの髪の長い女が、若月の女ということなのか。波崎が、先に扉を押して入っていった。奥のカウンターまで真直ぐ進み、そこに腰を降ろす。

「この人、知ってるよな。山南さん。姫島の爺さんと会おうとして、ジタバタしてる」

カウンターの中の女が、ちょっと笑みを浮かべた。

「ソルティが絡むと、面倒になるな」

「首を突っこむわよ、あいつ。大抵のトラブルには、首を突っこむわ。生き甲斐(がい)みたいなもんだろう、とあたしは思うようになった」

「どんなトラブルが起きてるんだね？」

私が言うと、ようやく波崎から私に視線を移してきた。

「姫島のお爺ちゃんに、会おうとしてるんでしょ」

「それだけで、トラブルなのか？」

「この街ではね」

私は肩を竦めた。コーヒーのいい香りが漂ってくる。

「とにかく、あいつは首を突っこむわ。このところ、トラブル処理が波崎さんの仕事になってるでしょう。忍さん、あいつに頼もうとしないから」

「それで、欲求不満か、ソルティは」

「波崎さんがやるのがいいと、客観的にはわかってるのよ。そのくせ、波崎さんが動きはじめると、苛々してくるの。このところ、ずっとそういうパターンだな」

「それじゃ、俺がソルティに相談を持ちかけたりすりゃいいのか？」

「そうしたら、張切りすぎる。いまのままでいいの。よほど難しいことでないかぎりね。難しいことだと、死人が出る。時々、美知代さんみたいに、ひっそりと花なんか売ってる自分を想像することもあるわ」

「忍さんが、ホテルで使う花は、『エミリー』から仕入れてるらしい。忍さんと須田さんって、そんなに仲がよかったわけじゃないだろう。なんだって、エミリーの花を入れてるんだ？」

「なぜかしらね」

「この街の人間の気持のありようってのが、俺にはいまだにわからんよ」

「あたしもよ」

なんの会話が交わされているのか、私にはよくわからなかった。

市来を捜し出すのが難しければ、残された方法はひとつだけだ、と私は考えはじめていた。市来の代りに、私が標的を倒す。そうすれば、市来にはやることがなくなってしまうのだ。

波崎を、振り切らなければならない。今日、S市へ行ったのも、波崎の動きを見きわめるためという意味もあった。どこまでも、波崎は付いてくる。巧妙に、姿を見せない方法も心得ている。

「あんた、面会申し込みの手紙でも出してみたらどうだね。必要と認めれば、爺さんだって会うよ」

「その前に、秘書だなんだと、話を通すわけだろう。誰にも邪魔されずに、俺は久納に会って、死んだ人間からの伝言を伝えたい。最初に、そして直接にだ」

標的以外に、関係する人間にはできるだけ会わないようにする。倒すのは、標的ひとりだけだ。それは、市来が貫いてきたやり方だった。

殺される人間は、寿命なのだ。寿命が来ていなければ、殺そうとしたところで、殺せはしない。仕事は、寿命が作動するための、装置の役割りをしているだけだ、とよく私にも言った。

香りが、近くなった。

私は、差し出されたコーヒーを、受け皿ごと持ちあげた。

「おかしな飲み方をするな。まるでこぼすのをいやがってるみたいだ」

「習慣でね」

「まあ、いいか」

波崎は、カップだけを持っていた。

「ネルを使うのは、やめた方がいい」

「あら」

「ネルを使って、澄んだコーヒーを淹れるのは難しくてね。商売にはむかないやり方だ」

「じゃ、なにがいいわけ？」

「ペーパーフィルターでいい。それなら、澄んだコーヒーができあがる。キリマンジャロもいいが、もうちょっとストロングなやつも揃えたらどうだね」

「酒はどうでもいいが、コーヒーにはうるさいってわけか」

波崎が言う。私は、香りを確かめ、味を確かめ、それから冷える前に飲み干した。

「自分が一番おいしいと思う方法で、淹れてるんだけど」

「ネルを使いたければ、装置を作れ。ペーパーフィルターみたいに、ネルを縫いあげるんだ。最後にネルを搾るなんての、最悪だよ。淹れたあとは、すぐにカスを捨てて、ネルだけ洗って水に漬けておく」

「商売してるのよ。趣味じゃないのよ」

「だから、ネルは使わない方がいい。使い捨てのペーパーフィルターが、一番便利なんだ」

「なんとなく、わかるところもあるけど」

「ふん、この男の言っていることは、多少は正しいってわけか」

「ペーパーフィルターも、使い方さ」

「研究してみるわ」

「コーヒーミルに残った粉を、毎回きれいにブラシで落としている。それはいい」

「コーヒーのこと、ほんとによくわかるのね」

「仕事だったこともある」

それは嘘だった。女をというより、波崎を混乱させるために言ったことだ。

市来が引退った時、私も仕事をやめた。それから五年間、私は家電の販売店に勤めていた。高校が、工業関係を出ていたので、それが役に立ったのだ。仕事は、ひと月で覚えた。クーラーの取り付けも、テレビの据え付けも、修理さえもそこそこはできる。

平穏な職場だった。息が詰まりそうになった。五年しか耐えられずに、やめたのだ。

金を置いてスツールから腰をあげると、波崎が見あげてきた。

「船を捜してみる。どこを当たればいい？」

「ソルティのところさ」

「それ以外は？」

「ないね」

私は、外へ出た。

車に乗り、エンジンをかけて待ったが、波崎は出てこなかった。

## 7　塀

ハーバーには駐車場があり、関係者以外の駐車は禁止という札が出ていた。

船を捜している。見つかれば、雇おうと思っている。だから、私は関係者だ。

陸上にも、船が置いてある。ポンツーンには、もっと並んでいた。私は、端から船を見ていた。大きな、二本マストのヨットがいる。若い男が甲板を洗っていたので訊いたが、ムーン・トラベルを通して申し込め、と言った。つまり、若月のところだ。モータークルーザーの一隻は、個人所有で管理しているだけだと言った。ほかに、船に人影はなかった。

海は、完全にオフ・シーズンなのだろう。

ハーバー事務所でも、女子職員が三人、帳簿の整理のようなことをしているだけだった。あとは修理工場らしいところがあるが、そこで訊いてわかるとも思えなかった。

車の中で、しばらく考えていた。ブルーのマセラーティ・スパイダーが、フルオープンでやってきた。二人乗っている。ひとりは中年の男で、もうひとりは若い。

一度ハーバー事務所に入り、すぐに出てくるとポンツーンの方へ歩いていった。

「その船、動かすんですか？」

中年の男の方に、私は言った。マセラーティに乗っているぐらいだから、オーナーかもしれない。がっしりした手の男だった。

「俺は、冬の海が好きでね。寒くなると、船もかわいがってやれる」

「乗せて貰うのに、どれだけの金をお払いすればいいんですか？」

「船を買えよ。そしたら、君がこの船のオーナーだ」

乗せる気はないだろう、と私は思った。男は、じっと私を見ている。

「冬は、大抵時化てる。波が硬い。おかしな表現だがね。水温が低いと、船体にぶつかる波を、そんなふうに感じるよ」

若い男の方は、出港作業をしているようだった。乗せてくれる気がないなら、長話をしても仕方がなかった。男は、まだ私を見つめ続けている。

「つまり、冬に乗りたがるのは、もの好きというやつだ」

「俺は、姫島を見てみたいだけなんです」

「じゃ、乗れよ。俺は姫島へ行くところさ」

嘘のような話だった。

エンジンがかかったと思ったが、発電機のようだった。男の気が変らないうちに、私は船の後甲板に乗りこんだ。それから、どうもと言って頭を下げた。

男は私に関心を失ったようで、もう見つめることはせず、エンジンを覗きこみはじめた。

「野中、バッテリーの状態はどうだ？」

「問題ありません」

図体の大きな、若い男が言った。

「始動させるぞ。五分ばかり暖機してから、舫いを解く」

軍隊式の敬礼のように、若い男は片手をあげた。男が、キャビンの中に入った。エンジンが始動し、船体がかすかに震動した。しばらくして、男は出てきて船尾を覗きこんだ。

「山南です」

男は私の方をむき、軽く頷いた。それだけだった。

「野中、トリムは船首が下がるようにしておけ」

「了解」

「魚探はナビゲーション・モード、ＧＰＳはルート航法で行先は姫島、レーダーは五マイルのレンジでいい」

野中と呼ばれた男が、梯子（はしご）を昇って上の操縦席へ行った。航海計器に電源を入れてセットするのだろう、と私は思った。

「船には強いか？」

「わかりません。ほとんど乗ったことがなくて」

「沖の瀬という、荒れた海域を通る。海坊主が棲（す）んでやがってね。そこでは、かなりひどいことになるだろう。濡（ぬ）れたくなかったら、キャビンでじっとしているんだな」

男は名乗りもせず、私が姫島へ行こうとするわけも訊かなかった。乗船券でも買った、フェリーの客という扱いだ。

男が、野中と入れ替りに、上部の操縦席にあがった。私は梯子に手をかけ、野中の方を見た。野中は、黙って頷く。

下から見るとそれほどでもなかった操縦席が、ひどく高く感じられた。

「野中君が、昇ってもいいと言いましたよ」

「ふむ。意地の悪い男だな。それとも、ムーン・トラベルと、なにかあったのか？」

「若月とですか？」

「野中だって、社員さ」

「この船も？」

「これは俺の船だ。バートラム37。四百五十馬力のエンジンを二基積んでいて、なかなかよく走る船だ」

「意地が悪いとは、どういうことです？」

「ここは、下のキャビンよりずっと揺れる。高い分だけな。波も被る。普通だったら、止めているところだ」

男は、革ジャンパーのチャックを胸もとまであげた。私も、コートのボタンをかけた。屋根だけが付いた場所で、風は強そうだった。

「出すぞ」

男の声は、意外なほど大きく、肚に響いた。

野中が、前後の舫いを解き、素速く後甲板に戻ってきた。

操縦席は、舵輪の両側に、それぞれ二本のレバーがある。スロットルとクラッチだろう、と私は思った。男は、クラッチレバーだけを動かしていた。船が後退してポンツーンを離れ、その場で回頭して、ハーバーの出入口に舳先をむけた。

航海計器は横のボックスに入っていて、舵輪の前にあるのはコンパスだけだ。

ハーバーを出ると、船はすぐに波に持ちあげられては下がることをくり返しはじめた。風は後方からで、かなり強い。スピードがあがった。私は、手すりをしっかりと摑んでいた。

「座ってろ、ええと」

「山南です」

「いまは追い風に追い波だ。帰りの方が、ずっとひどいことになるぜ、山南」

「わかりました」

スピードがあがった。街が遠ざかっていく。野中も上に昇ってきた。

「降りるなら、いまのうちだぜ。このあたりを、ゲロだらけにされても困るし」

野中が、舵（かじ）を代った。男は、煙草（たばこ）をくわえてジッポで火をつけた。運転席には二つ椅子（いす）があり、その前に設けられた座席に、私は腰を降ろした。

「自信があるってわけかい」

「多分、大丈夫だろう」

「吐かれると困る」

「くどいな。社長に似てるのか」

「まあ、いいさ。これは先生の船なんだから」

「おい、野中、俺の船だから、ゲロまみれになってもいい、と言ってるように聞えるぞ。こいつは何者なんだ？」

ふり返ると、男はポケット瓶のウイスキーを飲んでいた。

「知らないんですか？」

「知らんな。乗せてくれと言うから、乗せてやっただけだ。俺のことは、知ってそうな感じだったが」

「いや、知りませんでしたよ」

私も、言った。

「呆れたな。知らない者同士で話して、船に乗せてやったんですか。まあ、先生ならそういうことはあるだろうって気もしますが。なにか、この男に感じたんでしょう？」

「胡散臭いやつだ、と思った。そして胡散臭いやつは、あの街にゃよく似合うんだ」

「先生っていうと、お医者さんですか？」

私が言うと、男が笑った。

「どうも、俺はおかしな傾向が出てきたな。気軽に話しかけてくるやつは、俺のことを知っている、と考えちまう。狭い街に長く住み過ぎたからかな。それとも、傲慢になっちまったのかな」

「知らない方が、悪いんです」

「医者ねえ。俺みたいな医者だったら、かえって繁盛するかもしれんな。言うことがはっきりしている。わからなくてもなにか言って、患者の不安心理に具体的なものを与え、ほとんど恐怖にまで高めてしまう。名医のように見えるんじゃないかな」

男が、ウイスキーを私に差し出してきた。私は、首を横に振った。ウイスキーをちょっと飲んだぐらいで、躰が暖まるとも思えなかったのだ。

「俺は、群秋生という名で、本を書いている。つまり、小説家ってわけだ」

「そうなんですか？」

「信用してないのか。いいね。やっぱり医者に見えるかな」

「そういうことじゃなく、俺は、本なんかと無縁に生きてきましたんでね」

「その方がいい。本はなにかを与えてくれることもあるが、奪うこともある。君は、持ってる胡散臭さを奪われるタイプだ。どこにでもいる、つまらない男になるぞ」

群秋生という名は、聞いたことがあるような気もする。なにかの雑誌で見かけたりしたのかもしれない。

「ソルティは、知ってたな」

「この街へ着いて、最初にちゃんと喋ったのが、若月ですよ。それから、波崎」

「やっぱり胡散臭いやつだ。だから、その二人と会っちまう。類は友を呼ぶってやつだな」

「忍という、ホテル・カルタヘーナの社長とも話しましたよ」

「もっと胡散臭い。まともな人間には、誰も会っていないのかね」

私は、風を遮るかのように、上体を低くしていた。かなり揺れる。それより、風が強く冷たかった。群秋生も野中も、しっかりと着こんで、革の手袋までしている。

群は、また私から関心を失ったように、野中と喋りはじめた。

「かなり怒ってるだろうな」

「うねりなんて、いくら大きくても構わないんですがね。三角波だけは、船乗りにゃ鬼門ですよね。普段でも、その三角波の巣みたいなところなんだから」

「怒った海というのも、いいもんだ。下手をすると死ぬ。俺の船は、いつもそのギリギリの縁を走らせるんだ」

「社長も『カリーナ』を出そうとしないのに。姫島へ行くと言ったら、呆れてました」

「ソルティは、あれで臆病(おくびょう)なんだ。あいつが無茶をやるのは、その裏返しさ」

野中が、前方を指さした。波が白く泡立ったように見えて、その部分だけがほかの海域とはっきり違っていた。

「代ろう。おまえは、下にいてくれ」

「了解」

野中が、下へ降りていった。

船のスピードは、かなりのものだった。白く泡立った海域を前にして、それが少しずつ落ちていった。揺れが大きくなってくる。

不意に、揺れ方が変った。波に持ちあげられたり滑り落ちたりする時も、小刻みに揺れ続けている。揺れるというより、震動していると言った方がいいかもしれない。

私は、腰を降ろして、しっかりと手すりを摑んでいた。そうしていないと、振り落とされそうな危険を感じる。

飛沫が降ってきた。舞いあがった飛沫が上から降ってくることもあれば、ほとんど水平に叩きつけてくることもある。ズボンが濡れはじめた。髪は、雨の中を歩いた時のように、額に貼りついてしまっている。船首の方が波を被っていた。群秋生は、そんなことを一切気にした様子はなく、船首より先の海面に眼を据えているように見えた。

頭の芯が、強張ったような気がする。頭痛とも、どこか違う。頭全体が、ひどく毀れやすいものに変化していく、という感じがぴったりだった。そして、揺れが容赦なくやってくる。胃から、酸っぱいものがこみあげてきた。私はそれを、無理に胃に押し戻した。意識が、躰の揺れに集中していく。忘れようと思っても、駄目だった。これが、船酔いというやつらしい。漠然と、そんなことを考えた。

なるようになるだろう、と私は肚をくくった。いまのところ、胃からこみあげたものを押し戻す、ということのくり返しだった。ほんとうは吐き出してしまいたいところだが、この揺れでは、船べりから身を乗り出すこともできそうもなかった。

スピードは、ひどく落ちている。いつまでも、この海域から脱け出せそうもない、という気がしてくる。手すりを握る手に、力をこめた。眼を閉じる。

揺れ方が変ったのは、かなり経ってからだった。スピードがあがった。私は眼を開き、前方を見た。すぐ前に、島が迫っていた。

「姫島と本土の境界に、いまの海坊主がいる。ここは、もう姫島の領海だな」

群が言った。私は、口を開くことができなかった。口を開いたとたんに、胃の中のものが噴き出してきそうな気がする。

立ちあがり、手すりを伝って梯子のところまで行った。一段ずつゆっくりと降り、後甲板に立った。船べりに両手をつく。上体を乗り出した。胃の中のものが、勢いよく噴き出してきた。それが三度続くと、胃は収縮をくり返しても、出てくるものはなにもなくなった。

野中がホースを持ってきて、船体の外部に水をかけた。海水か真水かはわからない。船体の一部が、私の吐瀉物で汚れている。それを洗い流しているようだ。

「済まん」

「船の中に撒き散らされるより、ずっとましだった。いい根性をしてると思うよ、俺」

「それにしても、あそこだけ、なぜあんなに荒れてるんだ」

いまも揺れてはいるが、穏やかな海という感じさえしてくる。

「潮流が、ぶつかり合って。おまけに、海底の形状が凸凹でね。姫島との間に、見えない塀があるんだって気がするよ」

野中は、ロープの用意をはじめた。円筒形の防舷材も出している。

船がスピードを落とした。

## 8　海坊主

岸壁を走ってくる、二頭のドーベルマンの姿が見えた。その後ろから、男がひとりゆっくりと歩いてくる。

群は、上の操縦席で操船していた。港の中には、白い大きな船体がひとつあった。大型のクルーザーで、百フィート近くはありそうに見えた。ほかには、漁船が数艘、並んで繋がれているだけだ。

野中が、岸壁の男にロープを投げた。船は、防舷材が接しそうなほど、岸壁に近づいている。

「風上からだ、野中。水村より先に、おまえがロープをかけるんじゃない」

群の声がした。水村と呼ばれたのは、私と同年配の男だった。襟に毛皮の付いた、地味なジャンパーを着ている。二頭のドーベルマンは、大人しく座って、接岸作業を眺めていた。

エンジンが切られ、発電機の音だけになった。群が、後甲板に降りてくる。

「先生、会長と連絡を取られました？」

「いや」

「そうですか。不思議ですね、いつも。先生がそろそろ船を出されるころだから、見張れと会長に言われました。沖の瀬を越えるところから、ずっと見ていました」

「爺さん、変りないか？」

「はい」

岸壁の付け根のところに、黒い箱型の車がいた。よく見ると、古いベンツだ。

群はキャビンに入って包みをひとつ持ってくると、身軽に岸壁に跳び移った。ドーベルマンが、耳を伏せ、尻を振った。尻尾は、切り取られている。群は、二頭に声をかけると、後部座席のドアを開けて待っているベンツの方へ歩いていった。

運転手が乗りこみ、ベンツが走り出す。

私は岸壁に跳び移り、煙草に火をつけた。いきなり、ドーベルマンが突っ走ってきて、頭を下げた。攻撃の姿勢で、低い唸り声をあげている。

「禁煙か、ここは？」

「誰だね、あんた？」

水村と呼ばれた男が、私に近づいてきた。眼が合う。圧倒してくるような光があった。

「俺は、山南という者だよ。久納義正氏に会っておこうと思ってね」

「寝言を言ってるのか？」

「別に。犬に襲われるような真似は、したつもりがないんだが」

「船に戻れ」

「なぜ？」

「上陸していいとは、言ってない」

「船酔いで、吐いた。地面の上はやはりいい、と思っていたところだよ」

「船に戻って、その小僧と一緒に大人しくしてろ」

「ずいぶんと、態度が違うじゃないか、群秋生に対する時とは」

「先生は、会長の客だ。おまえらは違う。早く戻れ」

「待てよな、おい」

　水村が、踏み出してきた。危険なものを感じて、私は退がった。

「山南さん、こっちへ」

　野中が言っている。ドーベルマンが、さらに近づいてくる。水村がちょっと手を動かしただけで、飛びかかってきそうだった。

　私は、船の後甲板に跳び移った。それで、ドーベルマンは退がった。水村は、もう背をむけて歩きはじめている。

「無茶をするね、まったく」

「なにが無茶なんだ？」

「ここは、上陸禁止なんだよ。無理に上陸しようとすると、やられる」

「犬は、確かにそう訓練されているようだが」

「犬より、水村の方が怕(こわ)い。波崎さんが一度上陸しようとして、半殺しにされたよ。どこもやられているように見えないのに、血の小便が出たらしい」

「ふうん、波崎がね。群先生は、どうして大丈夫なんだ？」

「わからない。だけど、先生は好きな時に、ここへ来て勝手に上陸しているように見える。忍社長だって、それができねえのに」

「犬も、友好的だった」

「俺にゃ、あの先生のことはよくわからねえよ。とにかく、戻ってくるまで俺たちは船で待った方がいい。船にいるかぎり、水村はなにもしねえから」

「そんなに怕い男か、水村って？」

「俺は、一発で気絶させられたことがある。社長も、やられたことがあるらしい。会うといがみ合っちゃいるけど、俺が見たところ、いつも水村が押してるな」

「そんなに、強いのか、やつ。だけど、行っちまったぞ」

「犬がいるよ」

「餌(えさ)でもやって、手なずけたらどうだ」

「俺たちが餌やったたって、食いやしねえよ。食うわけがねえ」

「水村以外にも、人はいるのか？」

「三、四人は、いつもいるだろうな。それから、あの船のクルーが五人」

「でかい船だ」

「メガ・ヨットってやつさ。百フィートがメガだからね。それを超えるとメガ・ヨット。日本じゃ、お目にかかれねえ代物さ」

「久納義正の船か？」

「船どころか、この島全部がそうだよ」

無理に上陸するということは、避けた方がよさそうだった。姫島まで来た。それだけでも、信じられないほど運がいいのだ。

私は、近づく時に見た、島の形状を思い浮かべた。ほとんどが断崖で、そうでないところも、岩礁が多くあり、波が打ちつけて白い飛沫をあげていた。

「ここだけか、港は？」

「そうさ。ほかからじゃ、上陸は無理だ。ここの港だって、会長が造って、漁師はそれをつかわせて貰っているという話だ」

「ふうん。なんて金持だ」

「S市の事務所とここを往復する時は、ヘリコプターを使ってんだぜ。俺はヘリが飛んでいくのを、何度も見たことがある。あとは、島にいるか船にいるからしい」

完璧な防御ができている。

市来は、どうやって久納義正を観察するつもりなのか。そして、どのチャンスを捕まえて、狙撃するのか。狙撃の隙が、久納義正にはあるのか。

五年、仕事を踏んでいない。現役のころでも、最後の五年は、ほとんど絵図を描いているだけだ。たとえ現役だったとしても、難しい標的だと思える。

老いぼれて、そんな判断もつかなくなったのか。失敗することなど、考えてはいないのか。

受けた仕事は、必ず果たす。それも市来のやり方だった。無理だと思うものは、はじめから受けない。受けた以上、成算があったと思いたいが、判断そのものができなくなっている、とも考えられた。

自分でやるしかない。私は改めてそう考えはじめていた。市来を見つけ、東京に連れ戻すことができなかったら、市来が動きはじめる前に、標的そのものを消してしまうことだ。

「女は？」

「会長の女？」

「街のマンションに囲ってるとか、金持ならありそうなことだがな」

「聞いたことねえよ。街に来たって話もねえし、S市だって、いるのは事務所だけだ。うちの親父(おやじ)、会長の会社で働いてんだぜ。だけど、会長の顔も知らねえよ」

「君の家は、S市か?」

「そうさ。バイクで通ってる。俺は、あの街に住む気はないね」

「なぜ?」

「自分が自分じゃなくなっちまう。そんな気がするんだ」

どうにもならなかった。ことさらガードしているというわけではなく、久納義正の生活そのものが、狙(ねら)いにくいものだと思えた。

どこかに、おびき出すしかない。しかし、餌はあるのか。絶対に久納が飛びついてくるという、餌は。

「家族は?」

「いねえらしいよ。社長が、そう言ってたことがある。もともと医者でさ。軍医。医者になって軍艦に乗りこもうとしてた時、戦争はもう終りかかってたって話だ。どこかで、乗ってたボロ軍艦は沈んだらしい。だけど、生きてたんだよ」

私は新しい煙草をくわえ、野中にも差し出した。野中は、首を横に振った。

後部甲板の、椅子に腰を降ろした。ファイティングチェアというやつらしい。もともと、釣りのための船なのだろう。それも、カジキマグロかなにかを釣るためのものだ。

一時間ほどして、古いベンツが現われ、群が降りてきた。

野中が上へ昇り、エンジンを始動させて降りてきた。どこから現われたのか、水村が群と肩を並べて歩いてくる。ドーベルマンも一緒だった。私は、ファイティングチェアから動かなかった。

群が船に乗り移る時、水村は丁寧に頭を下げた。

舫(もや)いが解かれる。

船が岸壁から離れはじめた。港を出ると、すぐに風が吹きつけてきた。寒い。眼を閉じた。沖の瀬を越えるまで、ここを動くまいと私は思った。

軽快に走っていた船の速度が落ち、揺れが激しくなったのは、十分ほどしてからだった。海坊主が暴れている。いや、怒っているのか。

胃からこみあげてきたものを、私は呑(の)み下した。

## 9　夜の影

車のトランクから、布製のバッグを出した。

革のジャンパー、黒いタートルネックのセーター、ジーンズ、スニーカー、手袋。入っているのは、その程度のものだ。

私はホテルの小さなクローゼットに、上着とズボン、セーターなどを入れた。コートをかけると、床に届いてしまう。それぐらいで、クローゼットは一杯だった。

革ジャンパーを着こみ、外へ出る。

ビジネスホテルの宿泊料は、新たに五日分前払いした。三日でチェックアウトすれば、残りの二日分は返してくれるシステムになっているようだ。

周辺は会社の寮や保養所で、ホテルなどはほかにない。

私は車を転がして中央広場のそばの無料駐車場に入れた。

神前川の河口はそばで、対岸にヨットハーバーの光が見える。

手袋はせず、ポケットに手を突っこんだ。手は暖めておく。いざという時に、指がかじかんで動かなくなるのを防ぐためだ。まだ、いつもの通りに指を遣う、という必要はなかった。拳銃もナイフも、持っていない。

川沿いの道を歩いて須佐街道に出た。

ちょっと迷い、右に曲がった。すぐに『オカリナ』のドアが見えてくる。

ドアを通して、オカリナの音が洩れてきていた。ＣＤなどではなく、誰かが吹いているらしい。二人はいる。

曲が終るまで、私は立っていた。終るとしんとして、背後の車の音だけがやけに大きく聞えた。

「あら」

ドアを開けると、スツールに腰を降ろしていたママが言う。もうひとり、若い女が一緒だった。二人で、オカリナを吹いていたらしい。

私はカウンターのスツールに腰を降ろした。

ママが中に入り、私のボトルとグラスを置いた。

「グラスをもうひとつと、氷と水もくれ」

返事はなく、黙ってアイスペールと水が出された。カウンターの上の二つのオカリナに、私は眼をやった。

「邪魔したかな？」

「なにが？」

「外で、オカリナが聴こえた」

「店開けてんだ。客が邪魔ってことはないよ。今夜は、水割りかい？」

「胃が、疲れてる」

姫島からの帰りも、やはり吐いた。沖の瀬を越えたところでだ。うまく吐いたので、船体の外側も汚さなかった。それに、大した量は出てこなかったのだ。

躰が揺れているような感じと、胃の重苦しさが残っていて、夕食もちょっとしか入らなかった。

「玲子(れいこ)、ウイスキー奢(おご)って貰いな」

「どうしようかな？」

　店の女とは思えなかった。着ているのも、ツイードの上等のスーツだ。長身で、職業の見当はつかない。

「タクシーをこの店の前で降りて、車で行っても、先生、気がつくのよね」

「明日は、土曜日じゃないか」

「先生、今日は船を出したのよ。いきなり言われたから、今日のスケジュールをキャンセルして、明日、人が来ることになってるの」

「そんなの、先生のせいじゃないか」

「そうだよね。だけど、皮肉言われるわ。酒はいいが、飲む相手が悪いとか」

「まったく、あの小説家、鈍いんだか鋭いんだかわからないよね。あたしにも、皮肉言うよ。亭主殺しって言うこともある」

「そんなこと」

「それが、嫌味じゃないんだよね。自分が自分を罵りたい時に、代りに言ってくれるって感じでね。おかしなやつだ、ありゃ」

　私は、自分で水割りを作って一杯飲み、もう一杯つくりかけていた。

「あたしにも一杯、山南ちゃん」

「ママ、名前は？」

「言ってなかったっけ。吉崎(よしざき)悦子」

「自分で、作れよ」

「そうだよね。奢って貰うのに、作ってくれはないよね」

私は、煙草に火をつけた。音楽がないと、店の中はやけに静かだった。若い女は、両手を膝(ひざ)の上で組んで、まったく音をたてない。悦子が水割りを作る音だけだ。

「見ても、いいか？」

私は、カウンターの上に置かれたオカリナを指さした。悦子が頷く。

楽器などに、興味を持ったことはなかった。

十九で、市来の家に転がりこんだ。やくざの若い衆と同じようなもので、雑巾(ぞうきん)がけからやらされた。三鷹の家にはいくらかの庭もあって、手入れも私の仕事だった。

オカリナは陶器製で、見た感じより重たかった。穴が十二あり、吹き口はまだかすかに湿った感じだった。かたちが、楽器らしくないと思った。

「普通、八穴なんですよ。それだと、あたしがうまく吹けませんで、悦子さんと合奏にならないんです」

若い女が言った。澄んだ声だった。きわめつけの美人だが、ちょっと堅苦しい感じがした。

「小野(おの)玲子って言うのよ。群秋生って小説家の秘書で、自分も小説を書こうとしてんのよ。

あたしのとこには、先生に連れられてきたんだけどさ。男を、ほんとに好きになったことがないんだって、先生が言うの。殺すほど惚れたことがある女と、しばらく付き合わせたいって」

「あたし、悦子さんを観察しようなんて、考えたことありません。オカリナを教えていただいて、感謝してるし」

「そんなのが、あんたの駄目なとこよ。構えるからね。その構えが、男を好きになろうとする自分を、止めちまうのよ」

「いつか、小説だけは書く気でいるんですが」

「あたしの？」

「違います。そりゃ、人間観の中に、悦子さんの印象が作ったものも出てくるとは思いますけど」

「わかった、わかった。せいぜいオカリナの稽古でもしな。身も世もないように男に惚れちまうのは、まだ、二、三年先だろう」

悦子が、カウンターを出てきて、玲子との間に腰を降ろした。私は、まだオカリナを手に持っていた。

「吹かないのかい」

返そうとすると、悦子が言った。

「やめとく」

「じゃ、あんまりいじくらないで。持ってるやつの気持がしみ込んじまうから」

悦子がキザなことを言った。

「そういえば、俺は今日、先生の船に乗せて貰った」

「あ、お客様を乗せた、と群が申しておりました」

「酒場で、この言葉遣いだよ。股開いて男に迫るまでに、あとどれぐらいかかるかね」

「酔っちまったよ。ひどく揺れた」

「そうなんですか。冬の海が好きで、夏は滅多に出さないんですよ」

それから、玲子は冬の海の話と、犬の話を唐突にはじめた。船に、黄金丸という群の飼犬を乗せたら、すぐに酔ってしまったという話だった。私は、水割りを何杯か飲みながら聞いていた。アルコールが入ると、躰の揺れも胃の重苦しさも消えてきた。

一時間ほどして、玲子は帰っていった。オカリナは、二人とも吹こうとしなかった。

「若い娘の躰、いいだろう」

悦子が、笑いながら言う。スツールに腰を降ろしていると、悦子の下腹は目立った。

「あたしにも、あんなころはあったって、思い出させるような、姿のよさだね」

「もう一杯、やれよ」

「いろんな男に、言い寄られたよ。全部蹴っ飛ばして、ひとりのものにだけなった。それがあたしの腹がこんなふうに出てくると、若い躰の方へ行っちまうんだ。男ってさ、まったく」

荒っぽい手つきで、悦子は水割りを作った。奢られる時、客と同じものを飲むという礼儀ぐらいは心得ているらしい。

「あの子だってさ、好きになりかけた男がいたんだよ。きのう一緒に来た波崎。二人とも、まんざらじゃなかった。須田さんが、死ななけりゃさ」

「誰だ、須田さんって？」

「知らなかったの？『てまり』のマスター。命を棒に振るようなことをしてさ。その時一緒だったのが、波崎と若月。波崎は、それで、女を好きになる資格なんかない、と勝手に決めちまいやがってさ。それで、結局二人は駄目だったんだ」

バーテンの宇津木のボス。それが須田というのだろう。どんな街でも、三日もいるといろいろ細かいところが見えはじめる。

「姫島のお爺ちゃんに、会ったの？」

「どうして、そう思う？」

「だって、先生が船出したんなら、姫島へ行ったんだろうしさ。今日は、姫島のお爺ちゃんの、七十三回目の誕生日じゃない」

「そうか」

「あの先生だけは、姫島にフリーパスなんだよね。水村も、一目置いてるし」

「その水村が、俺を上陸させてくれなかったよ」

「だろうね」

「しかし、悦子さん、詳しいな」

「当たり前だろう。あたしが殺した亭主は、姫島のお爺ちゃんの秘書のひとりだったんだから。あたしたち、S市と姫島と、半々ぐらいに暮してた」

「そうだったのか」

私は煙草に火をつけた。

「亭主を殺しましたって、あたし会長に最初に言ったのよ。会長は、哀しそうな顔であたしを見てて、なにも言おうとしなかった。弁護士をつけてくれたのも、この店をくれたのも、会長よ。出所した時、お礼を言いに行ったら、気に食わない街だが、おまえにはあんなところがいい、と言った。それから、会長じゃなく、これからは姫島の爺さんと呼べってね」

「あの爺さんがくれるものにしちゃ、この店はボロ過ぎるな」

「一からはじめろってこと。わかるわよ、そんなこと。店を拡げたけりゃ、それなりの商売をすりゃいいし、食うだけでいいと思えば、そこそこ客はいるし」

「姫島の爺さんと、男と女の関係ってわけじゃなかったんだな」

「当たり前でしょう」

悦子が吹き出した。

「あたしは、亭主とは、ありとあらゆることをやったわよ。想像できないようなことまで、されたわ。あたしだけが相手なら、どんなことされてもいいと思ってた。あたしはね、この歳になるまで、男は亭主ひとりしか知らないの」

玲子と、似たところがあるのかもしれない、と私はふと思った。玲子のことは、ほとんど知らない。悦子のことは、いくらか知った気分になりはじめている。

「先生、誕生日のプレゼント、持っていったんだな」

「そういえば、包みをひとつ持ってた」

「そんなんじゃなく、姫島のお爺ちゃんに、一年に一度躰を診て貰うのよ。特に肝臓をね。お爺ちゃんが心配して、誕生日のプレゼントのつもりで来い、と言ったのよ」

それで、群秋生は姫島に出かけていくのか。老人が心配するほど、群秋生の肝臓はくたびれているのか。

「なにも言わなかった、あの人」

「そりゃそうさ。よく喋る男だけど、ほんとのことは誰にも伝えられない、と思ってるからね。ところが、お爺ちゃんとは言葉が通じたの。多分、そうだと思う」

「事業家で、大金持だろう」

「そうなってしまった。それだけのことよ。儲ける気がない人間の方が、大きく儲けちまうもんでしょ。亭主は、よくそんなこと言ってたわ。もともと持ってた資産も、半端なもんじゃないしね」

悦子が水割りを飲み干した。私の分も、作りはじめる。

俺はいい、と言いかけた言葉を、私は途中で呑みこんだ。

## 10　プロ

尾行てくる。

誘うように、私は早足で歩いた。

この街へ来て、私はただ久納義正と言い続けてきた。誰もが知らないで通してしまうとは、とても思えなかった。忍が波崎に調べさせたのとは、別の動きもあるような気がする。そこから、別の道が拓けるかもしれないのだ。

須佐街道が神前川を越える方向には、いくつかホテルの灯が見えた。それは海際の方で、あとは森が拡がっているだけのように思える。その森の中に植物園や公園があり、馬場もあることはすでに知っていた。車で、二度は走ったのだ。

橋を渡った。右には、川沿いの細い道がある。ようやく車が通れるほどの道だ。そこをしばらく歩いた。対岸の街の灯は、暗い空までかすかに明るくしているように思える。左へ曲がった。そこには、小径があった。頭上を常緑樹の枝が覆い、トンネルのような感じになった径だ。

静かだった。濃い闇に包まれると、街の音は急に遠ざかり、自分の足音がやけに大きく聞えた。

五分ほど歩き、私は引き返しはじめた。あまり深く闇の中に入ってしまうと、尾行者を撒いてしまいかねない。

川沿いの道の、まばらな街路灯のひとつが見えた。

人影が三つ。服装も人相もわからない。私と握手するために、径を塞ぐように立っているのではない、ということは確かだろう。

構わずに、私は歩いていった。

人影が動いた。数メートルまで近づいた時、三人はいきなり走りはじめた。私は、両側から押さえられていた。なんの抵抗もしなかった。躰が反応してしまうような殺気は、感じなかったからだ。

「訊きたいことがある」

ひとりが言った。その言ったひとりと、両側から私を押さえこんでいる二人とは、明らかに異質な匂いがすることが、闇の中でもはっきりわかった。

「なぜ久納義正を捜している?」

「用事があるからさ」

「その用事がなにか、教えて貰えないかね?」

「なぜ?」

「知りたいんだよ」

「二人に、両側から挟みこませてか」

「君が、乱暴すると困る」

「三人を相手に、そんな度胸はない。全財産を持ってなくてよかった、と思っているだけだね」

「言う気はない?」

「放してくれよ。それから、煙草を一本喫わせてくれ」

「喋ってくれたら、そうする」

　男の声は、妙にくぐもっているような感じもする。手間をかけて、こんなところまでおびき出す相手ではなかった、という気がした。私は、ひとりか二人に、できれば三人ともに、印をつけておくだけにしようと思った。

「手を放してくれ、頼む」

「喋りさえすれば、なんのことはないんだよ。それから、君が何者かも、教えてくれ」

「よせよ。俺は、こっちの方にもなにかあるんじゃないか、と思ってきただけだ。話だって、もっと明るいところでしようじゃないか」

「痛い思いをするよ」

「やめてくれ。俺は、家電販売会社の、社員だ」

「家電？」

「冷蔵庫とかテレビとかクーラーとか。ほかにも細かいものはあるが」

右側の男が、私のポケットを探りはじめた。その間、左側の男は小さなナイフを出して、私に突きつけていた。私は、ナイフの握り方、刃のむけ方を注意して見ていた。闇の中でも、ナイフは鈍い光を放っている。

すべてのポケットが探られた。名刺入れから財布、免許証までだ。

「連れてこい」

男が言った。暗くて、ここで調べることはできない、と思ったのだろう。

川沿いの道まで行った。街路灯の明り。男はその下で、私の持物を調べはじめた。男が、ストッキングを被っていることに、私は気づいた。スーパーマーケットの強盗といったところだ。

「家電販売店の、営業部だって」

男が声をあげている。私は会社をやめたばかりで、名刺も、まだ期限の切れていない通勤定期も持っていた。

「ほんとに、冷蔵庫を売ってるのか、君は？」

「ほんとだ」

「その男がなぜ、久納義正を捜してる？」

「伝えたいことがあった。すぐに会えると思ったが、この街じゃ誰も久納のことを教えてくれない」

「今日、ハーバーから出る船に乗ったな」

「乗ったよ」

「じゃ、久納義正に会ったんじゃないのか？」

「えっ」

群秋生の船が、姫島に行ったことを知っている。知っているのは、群と野中だけと言ってもいい。それから、久納義正の誕生日に、群が姫島に会いに行くことを知っている人間が、何人かはいるはずだ。

「会ったんだろう、おい」

「姫島の爺さんってのは、もしかすると久納義正なのか？」

「会ったのか？」

「いや。群先生だけは、迎えにきた古いベンツに乗った。だけど、俺は上陸しようとして、水村という男に止められた。ドーベルマンを二頭連れていたからな」

　水村が誰かは、訊こうとしなかった。

「なぜ、船に乗った？」

「ハーバーに行って、船を眺めていた。バートラム37という船だ。その時、群先生が来て、乗るかと気軽に誘っていただいた」

　群秋生なら、そんなこともしそうな気がする。ほかに誰が乗ったかも、訊きはしなかった。出港する船を、どこかで見張っていたのだろう。

「姫島の爺さんというのは、久納義正のことだったのか」

　男は、なにも言おうとしない。ジャンパーのポケットに、取りあげたものをまとめて突っこんだだけだ。

「どんな用事なのかを、喋ってくれたら、それで終りだ」

　左側の男。ナイフ。手首を摑んだ。その時、ナイフはもう私の右手にあった。二度、ナイフを小さく振った。それから、前の男にぶつかった。声。肘（ひじ）。男が弾（はじ）かれて飛んだ。尻（しり）餅（もち）をついた男の顔を、走りながら蹴りあげた。そのまま、走る。

　追ってはこなかった。

　高校の時まで、サッカーをやっていた。市来に拾われてからは、走ることをやらされた。そのころ市来は走っていたが、サッカーをやっていた若い私には、散歩のようなものだった。

キックボクシングのジムに、半年通った。それも、市来に言われたのだ。足の遣い方はすぐに身についた。ジムでは、とにかくパンチと肘の遣い方を教えこまれた。私は勝手に、頭突きのやり方もそれに加えた。市来が欲しているのが、私の実戦の能力だということがわかったからだ。

庭の木の幹に古タイヤを縛りつけ、暇があると練習をした。市来の仕事(ヤマ)に一度連れていかれ、それがどんな種類のものであるか、はっきりと知ったからだ。

あの時、市来のところから逃げ出すのは、たやすかった。出ていくなら出ていけ、という態度を、市来も隠そうとしなかった。

市来のところに残ったのは、なぜだったのか。残れば、なにをやることになるか、はっきりとわかって残ったのだ。

橋を渡ったところで、私は走るのをやめた。やはり、追ってはきていない。二人の男は、手の甲にかなり深い切り傷がある。ストッキングを被った男は、顔が腫(は)れあがり、一週間か十日は、濃い痣(あざ)が残るはずだ。

須佐街道をちょっと歩いたところで、ポルシェが追いついてきて路肩に停(と)まった。

「乗らないか？」

波崎が顔を出し、笑いながら言った。私は助手席に回り、乗りこんだ。

ポルシェは、一の辻からリスボン・アヴェニューを海にむかう方へ曲がった。道の右側は駐車場、中央広場になり、左側は税務署や町役場や警察、消防署といった建物が並んでいる。そして、防潮堤で行き止まりだった。

「尾行られてると知りながら、森の方へ誘いこむなんて、半端じゃねえな。付いていくやつも、付いていくやつだが」

「素人だった」

二人は、街のチンピラという程度の男だ。ストッキングを被っていた男は、それだけで素人だということを教えているようなものだった。

「素人ねえ」

素人が、素人と言うことはない。俺は素人ではない。言葉。それで波崎に伝えた。尾行は、決定的なことに繋がっていく、と教えたつもりだった。

「これから、尾行るのも気をつけるようにするよ」

波崎が、煙草に火をつけた。

「組織の人間ってわけじゃねえよな」

「組織にゃ、入ってるだけで素人ってのが、いくらでもいる」

「わかった」

波崎が、エンジンを切り窓を開けた。冷たい風と一緒に、波の音が入ってきた。

「群秋生って手があるのは、思いつかなかった。もっとも、偶然だろうがね」

「まったくの、偶然さ」

「ツキは、あんたにあるな」

「どうかな」

「プロの仕事は、終ってから、どういう種類で、どういう目的だったか、はじめてわかる。俺やソルティは、プロじゃないよ。ただ、プロとやり合ってきたし、そのプロのレベルも判断はできる」

「水村という、プロに会ったよ」

「あれは、ごく特殊なプロだ。一流だってことは認めてもいいが」

「三人は、殺してるね」

「あんたは、何人殺した。ずいぶんと、身のこなしは達者だが」

「素人相手の身のこなしで、なにがわかる」

「俺は、いろいろ考えたぜ」

　私も、煙草に火をつけた。行き止まりの道に、入ってくる車はいなかった。

「最初から、顔を晒すプロ。しかも、大物中の大物の名前を、訊き回っている間抜けだ。あんたの目的は、ほんとうは久納義正なんじゃないかって気がする。つまり、裏をかくってやつだ。そういう気もした」

半分は、間違っていない。私はプロだが、仕事を受けたわけではなかった。そこが、波崎の判断に迷いを生じさせているところで、きわめて鋭い眼を持った男だと思っていい。

「ほんとは、姫島の爺さんが目的なんじゃないのか。その目的が、殺すことか、別に狙いがあるのかは、まだわからんが」

「そんなに恨みを買う人間か、久納義正は？」

「微妙だが、ある一地域の恨みは買うかもしれない、という気はする」

「この街の、誰かに恨まれる。たとえば、忍とか。そういうことか？」

「その通りだ。この街の誰かなら、爺さんを恨むかもしれん。恨むというより、眼障りでどうにもならない、という感じだろうがね。剛直で頑迷だが、人並み以上のやさしさも持ってる、と俺は思っている」

「怕い街だな」

「こんな街だから、爺さんは嫌う。造られたような街なのに、欲や野心は飛び交ってる。因習も、いやになるほど根づいている」

「あんたも、よそ者だよな、波崎さん」

「あんたよりは、長い」

「どれだけ長くても、よそ者はよそ者じゃないのか」

「そうだな」

「若月は、よそ者じゃないな」

「わかるか？」

「久納義正がどこに住んでいるかさえ、よそ者の俺には言えなかった。秘密でもなんでもないことなのに、俺からおかしな匂いを嗅ぎとると、言えなくなった。忍って男も、そうだな」

「よそ者にゃ、わからないところがある。底のない穴みたいにしか、感じられねえところがな」

煙草は、窓の外に捨てた。吸殻さえ、落ちていない街。しかしコンクリートやアスファルトの下の土には、なにかわけのわからないものが、しみこんでいる。

「ナイフを遣うのか、あんた？」

「ナイフも、銃も、それから自分の躰も」

「一度だけ訊くが、手を引いて貰うには、いくらあればいい。誰につけとかいうことじゃなく、黙ってこの街から消えて貰うには」

「金じゃない」

「一度受けた仕事は、死ぬか、成功させるか、ってことか？」

「いや」

「じゃ、なぜ」

「やらなきゃならんことだ、と思ってるからだ。これは、誰にも関係ない。俺自身の問題でね」

「仕事を受けて、ここへ来てるわけじゃない？」

さすがに、波崎は鋭かった。

「どうだろうな」

「そんなことを、はっきり言うわけはねえよな」

低い声で、波崎が笑った。

「言っておく。あんたと、命のやり取りをしたくない。できればだ」

「聞いたよ」

闇の中で、しばらく波の音だけが聞えていた。地鳴りを伴ったような音だ。

私は車を降り、駐車場の方へ歩いていった。

## 11　仮面

シガーライターに繋いだ充電器が、車の中には取りつけてある。したがって、私の車の中では、携帯電話はずっとウェイティングの状態にしていても、バッテリー切れは起こさない。

その電話が鳴った。美恵子からだろう、と私は見当をつけた。番号を知っている人間は、数えるほどしかいない。

「そっちへ行くわ」

「なぜ？」

「見つからないんでしょう？」

美恵子の方も、携帯電話からのようだ。特有のノイズがある。

「難しいことは、確かだが」

「あたしがいることに、うちの人が気づいたら、どこからか這い出してくるわよ」

市来の仕事のやり方まで、よく知っているというような言い方だった。

「俺が捜す、邪魔になる可能性もある」

「邪魔はしないわよ。あたしはあたしで動くから。顔を合わせても、知らないふりをしてりゃいい。もう決めたわ」

「久納義正にゃ、簡単には近づけない。街にゃ、結構な腕っこきがいる。とにかく、おかしなところなんだ」

「決めたの、もう」

「じゃ、勝手にしろよ」

「情報だけ頂戴」

「情報じゃなく、忠告だ。街じゃ、一切久納義正って名前は口にするな。それ以外なら、なにをやってもいいさ」

「どういうこと？」

「腕っこきがいる、と言ったろう。まだ、誰も親父のことは知らないんだ。気づいてもいない。あんたが捜しはじめると、久納義正を狙っているのが、実は俺じゃなく別にいるかもしれない、とそいつらに示唆を与えることになりかねん」

「自分が囮になって、うちの人の仕事を助けようとしてるのね」

「いろいろ動いて、結果がそうなるかもしれない状況にある、というだけのことだ」

「あんたなら、自分でやろうと考えると思ったけど」

「足を洗って、五年だよ。いまさら、もう一度ドブに入ろうって気はない」

「そう」

「俺が代りにやることを、期待してるみたいな言い方だよ」

「正直、そんな気持はあるわ。それで、うちの人は諦める」

「ドブの中を恋しいと思うな。足を洗う時に、親父さんに言われたことでね」

美恵子が私の恋人だったのは、十九から二十にかけての、九カ月ほどだった。あれから二十年近く経っている。市来と暮しはじめてからは、あまり家に行かなかったし、この五年は一度も会っていない。

一年どころか、一日でも人は変る。これも市来に教えられたことだった。

五十と二十一ではじめた同棲生活が、どういうものだったか、私は市来の口から聞かされるだけだった。あんないい女はいねえぞ、定。そう言いながら、市来はいつもなにかを思い出すような表情をしていた。大抵は、仕事のために腰を据えた時だ。

「忠告は、守るわ。あたしとあなたは、やっぱり見ず知らずの仲にしておいた方がいい？」

「その方がいい」

「じゃ、お金持の奥様って感じでいるわ」

市来が、どれぐらいの金を持って引退したのか、私は知らなかった。仕事ひとつで、三千万だった。多い時は、年に四つ仕事を踏んだこともある。三千万というのも、市来が言ったことで、ほんとうはもっと取っていた可能性もあった。

三千万払えば、この世からひとり人間が消えていく。安いと思う人間は、かなりいるようだった。

「いいホテルは、ある？」

「最高級は、神前亭とホテル・カルタヘーナ。両方とも、フリじゃ無理だろう」

「電話をしてみるわ。教えて」

私は、調べてあった電話番号を言った。

「わかった」

メモをとった気配があり、それで電話は切れた。

私は、車のスピードをいくらかあげた。

街から西へ二十キロばかり走ったところに、小さな漁村がある。そこへ行っての帰りだった。チャーターできる漁船があるかどうか、調べておこうと思ったのだ。釣りのためのチャーターができて、ポイントも客が決められるようになっていた。沖の瀬はポイントとしてどうかと訊くと、凪の時ならいいポイントだと船頭は言った。

道は、海岸線に一本だけだ。二十キロは走ったが、直線では十キロちょっとだろう。

やけに速い車が、距離を詰めてきた。フルオープンだ。私は、いくらかスロットルを閉じた。コーナーの出際のところで、鮮やかに抜いていった。しかし、それでスピードを落とす。私の、すぐ前を走る恰好になった。マセラーティのスパイダーだ。マリンブルーが、海岸の景色によく合っている。

運転しているのは、若月だった。私は苦笑しながら付いていった。再び軽快に走りはじめたマセラーティを、マスタングで追う恰好だった。若月は、革ジャンパーでがっちりと服装を固め、サングラスをかけている。グレーのマフラーが、首の後ろでひらひらと舞っていた。

街に入り、別荘地の前にさしかかった時、マセラーティは減速し、若月は右手を出して合図した。曲がるという合図だ。付いてこいという仕草もしている。パッシングをし、私は了解と答えた。

長い塀があり、門があった。そこへマセラーティは滑りこんでいく。私はそのまま付いていって、ガレージの前で車を停めた。ダイムラー・ダブルシックスとジープ・チェロキーの間に、若月はバックで鮮やかに入れた。

「ここは？」

車を降りて、私は言った。柴犬が駈け寄ってきて、じっと私を見つめている。姫島のドーベルマンほどではないが、私がおかしな真似をすれば、すぐに飛びかかってきそうな気配だ。

群秋生の家だろう。

平屋で、広い庭にはプールもあった。水は張られたままだ。

「昼めし、まだだろう？」

「しかし」

「いいのさ。先生は、そんなのが好きなんだ。この犬は、黄金丸。俺は、命を救われたことがある。あんたも、挨拶しといた方がいいぜ」

「動物は嫌いでね」

警察犬で、一度危ない思いをした。なんとか振り切ったが、人間よりもずっと執拗だった。

老人が、庭の奥で枯葉を集めている。

小野玲子が、玄関に姿を見せた。

「出版社の方が、もうすぐお帰りになります。ゲーム室にでもいてください」

それから、笑顔で私にも頭を下げた。

「いい女だろう」

ゲーム室に入ると、若月が小声で言った。ビリヤード台が二台。ダーツの的。ポーカーテーブル。贅沢なものだった。

玉を撞いていると、玄関の方で笑い声が聞えた。

「玄関のむこうに、応接室と事務所がある。気に食わない客は応接室で、気に入った客は隣の居間だ。はっきりしてるぜ、先生は」

「なるほど」

「あの秘書、小野玲子って言うんだがな。波崎のやつ、惚れてるのに手を出さねえ。野中も宇津木も、誘えもしないでいる」

「会ったよ、きのう『オカリナ』で。しばらく喋った」

「なんだ、そうか」

「あそこのママと、気が合ってるみたいだった」

「ああ、わかるような気もするな。あそこのママも、固い女だったそうだ。若いころは、もてただろうが」

それ以上のことを、若月は言わなかった。

呼んだタクシーに乗って、来客は帰ったらしい。

私はポケットの台で、十五個の玉を落としこんでいるところだった。四個に減っている。入ってきた群が、そのまま続けろと眼で言ってきた。

私は、チョークをタップに擦りつけた。キューのバランスは申し分ない。ストロークの態勢に入り、ひねりを加えた玉を打った。二つが、ほんのわずかな時間差で、コーナーポケットに落ちた。残りの二つは、たやすく落とせた。

「いい腕だ。俺とひと勝負やらんか、山南」

「やめとけ。勝負にならん」

若月が言う。

「なんだと、ソルティ」

「これだけいい台とキューと玉を揃えても、上達しないんだ、先生は。すぐに、かっとする」

「俺がかっとするのは、おまえの口にだ。スリークッションじゃ、おまえは俺に歯が立たないじゃないか」

「一度だけでしょう、スリークッションで俺に勝ったのは。あれから、先生はエイトボールしか俺とやらないじゃないですか」

「スリークッションじゃ、勝負にならないからつまらんのさ」

肩を竦めながら、若月は群に付いて居間に入っていった。私は、居間の入口に立ってい
た。

「どうした、山南。いますぐ、俺と勝負をしようというのか？」

「いえ」

「遠慮しているのか。入ってくれ。気にすることはない。面白い話をしながらめしを食う
方が、俺は好きだ」

正午を、いくらか回ったところだった。頭を下げ、私は居間に入った。食事用のテーブ
ルらしいもの、ソファと椅子、暖炉の火。

私は、椅子のひとつに腰を降ろした。

「マセラーティを転がしてたら、この男のマスタングが走ってましてね。結構飛ばしてま
したよ」

「マスタングか」

「きのう、山南を船に乗せたそうですね？」

「姫島へ行きたいと言ったからな」

「当然、爺さんには会えなかったんでしょう？」

「だろうな。俺が会っている間、山南は来なかった」

「おかしな男でしょう」

「酔うくせに、船に乗りたがるところなど、変っていると言ってもいい。この街で、またなにか起きているな」

細い葉巻に火をつけながら、群が言った。

「わかりますか？」

「大抵の人間は、この街に仮面を一枚つけて入ってくる」

「へえっ」

「この山南という男は、二枚以上の仮面をつけている、という感じがした。きのう感じたんじゃなく、いまそう感じている」

「仮面って？」

「金持だ、という仮面。思いきった贅沢をしようという仮面。いろいろあるが、ふだんのままで入ってこれる街じゃないんだ、ここは。まあ、自尊心とか見栄の仮面が多いが」

「この男の仮面は？」

「いま思うと、きのうは微妙な仮面だった。今日は、変っている。微妙な部分が消えちまったな。少しだけ、自分を晒しはじめてるのさ。それでも、まだ仮面だ」

「わからないな、小説家の言うことは」

「山南、俺は、この街での騒動にはいつも無縁だ。ほんとうの騒動にはな。だから、おまえが何者であろうと、そんなことはどうでもいい。たとえプロの殺し屋で、俺を狙っているのだとしてもな」

「そうですか」

「裏切り。俺の嫌いなものは、それさ。裏切者は、人間的すぎる。悲しいほど、人間的なんだ。人間的なやつの姿を見ると、俺はこたえてね」

食事だ、と小野玲子が知らせにきた。

老婦人が、ワゴンを押して入ってきた。テーブルに、クロスと食器をセットする。群に促され、私は食卓の椅子に移った。

「ソルティや波崎は、敵に回すと手強い」

笑いながら、群が言った。

「死ぬことを、なんでもないと思える。めしを食いながらじゃないぞ。騒動の中に飛びこむと、そうなってしまう。そういう、恐怖感が未発達な野蛮人が、この街には何人かいるよ。いずれ消えていくはずだ、と俺は思っているがね」

なんと言っていいかわからず、私は黙っていた。食事が運ばれてきた。大皿の前菜を、老婦人がひとりずつ取り分けるというスタイルで、群は最後だった。

「固くなるなよ、おい」

若月が、私に言った。

「こいつは、固くなってなんかいない。戸惑ってるだけだ。山南が固くなることなど、ないような気がするな、俺は」

群が言った通りだった。私は、固くなったりはしない。緊張さえ、ほとんどしない。集中できるかどうか。いつも、それを考えて仕事（ヤマ）を踏んだ。気を張りつめるってのは、緊張とは違うぞ。市来が言ったことだった。

「人を殺しても、殺したと思わずにいられそうだな、山南」

心のどこかを刺された。そう思えなければ、仕事（ヤマ）は踏めない。

見返したが、群は笑っているだけだった。

## 12　花束

群秋生の家を出たのは、四時を回ったころだった。

昼めしを食うと若月はすぐに帰ってしまったが、私はしばらく群とビリヤードの勝負をしていた。二つも台を備えているのに、群の腕はあまりよくなかった。ちょっと驚くほど鮮やかな手並みを見せたのは、ダーツの方だ。

小説家と思えないような無骨な手を、勝負の間、私は観察していた。ほとんど肉体労働によって作られたように、節くれ立っている。結局、その無骨さがなんによるものか、わからなかった。

『スコーピオン』に行き、カウンターでコーヒーを飲んだ。相変らず、ネルで淹れている。ペーパーフィルターは、これから研究しようというところなのだろう。

「昼めしは、若月と一緒だった」

「そう」

永井牧子という女は、素っ気なかった。それでも、ちょっとした視線に、微妙な感情が出るようだった。

「あの男は、いずれ大怪我をするね。死ぬかもしれん」

「人間は、いずれは死ぬでしょう、ええと、山南さんだっけ」

「熱すぎるよ、あの男。波崎にもそういうところがあるが、若月は芯が熱い」

牧子は、私を見てただほほえんだ。

カウンターに、ほかの客はいない。テーブルの方に五、六人いるだけだ。

「君は、バイクに乗るのか?」

「どうして?」

「いつきても、店の脇の路地にバイクが置いてある。かなり本格的なバイクだと、俺には見える」

「女が、バイクに乗っちゃまずいわけ？」

「君も、熱いんだろうな、と思ってな」

「熱いか」

牧子は、遠くを見る眼をしていた。

私は煙草をくわえた。これからのことを考えようとしたが、なにからはじめればいいかわからなかった。久納義正の居所はわかった。どういう状態かも、わかった。市来の性格と仕事のやり方から考えても、無謀なことをするとは思えなかった。粘り強く、標的が動くのを待つはずだ。

久納義正を狙撃するのに、この街は適当な場所なのか。S市で、機会を待った方がいいのではないのか。久納がこの街に来る可能性は少ないが、S市の事務所にはしばしば行っているに違いない。

姫島で、狙える可能性があるか、というのは大きな問題だった。否定も肯定もできるほど、私は姫島を知らなかった。あのメガ・ヨットに久納が乗ってしまえば、もう襲うチャンスはないと言っていい。

「水村って男、知ってるか？」

「よく歩いてるわよ。ここにコーヒーを飲みにはこないけど」

「若月とは、犬猿の仲らしいな」

「そう見えるだけね」

牧子が笑った。

「水村さんは、誰とも仲が悪いわけじゃない、とソルティが言ってたことがある」

「あの二人、いつもいがみ合ってるんだろう。野中がそう言ってたよ」

「いがみ合う場面でしか、会わないからよ」

「どういう意味だ？」

「ソルティに訊いたら」

「そうだな。ところで、ペーパーフィルターはあるか？」

「あるけど」

「一度だけ、俺にコーヒーを淹れさせてくれないか？」

「そうね。ずいぶんと御託を並べられたものね。一度ぐらい、腕を見せて欲しいわ」

「カウンター、入っていいか？」

「どうぞ。あたし、出てるから。客のつもりで座ってるわ」

カウンターの中は、きれいに片付いていて、清潔だった。必要なものは、全部揃っている。まず湯を沸かし、それから豆を挽いた。ペーパーフィルターに、ピラミッド型になるように粉を入れた。ピラミッドの頂点に、湯を垂らす。湯は粉の中に吸いこまれていって、なかなか滴り落ちてこなかった。時間をかけるといっても、せいぜい二、三分だ。やがて、滴ってくる。それを、ガラス製のポットで受けた。すでに、香りが漂い始めている。ポットにある程度溜(たま)ると、それをすぐに火にかけた。時間をかけた分、冷めているのだ。カップに注いで、牧子に出した。

牧子が、おやという表情をしている。

「すごい」

ひと口啜(すす)り、素直に牧子は感心してみせた。

「ネルで淹れる時と、透明感が違う。香りも、全然違う」

「ネルでも、同じように淹れられる。つまりは、要領の問題だ」

「教えてよ」

「粉の山。つまりこのピラミッド型を崩さないようにするんだ。蒸された粉が、まず香りをよく出す。粉そのものが、フィルターの役目も果たす」

「ピラミッドを崩さないってだけなの？」

「そういうことだ」

私はカウンターのスツールに戻った。

「不思議ね」

「誰が考えたんだろうな」

「山南さんじゃないわけね」

「俺は、盗んだ」

低い声で、牧子が笑った。私は煙草に火をつけた。

「キリマンジャロというのは、若月の好みなのかね？」

「そうね。キリマンジャロに、塩をひとつまみ入れて飲むのが」

ひとつまみの塩は、私もよくやった。

「ソルティってのは、そこから？」

「群先生に訊いて」

牧子も、煙草をくわえた。私は火をつけてやった。アルバイトの女の子は休みらしく、牧子は灰皿に煙草を置いてレジの方へ行く。

「水村がこの街に来ていると、どうすればわかる？」

戻ってきた牧子に訊いた。牧子は、肩を竦(すく)めてみせただけだった。

外へ出ると、リスボン・アヴェニューを一の辻にむかって歩いた。

ベントレー・ターボが停っていた。『エミリー』という花屋の前だった。バラを覗きこんでいる、忍の大きな背中が見えた。

私は、ベントレーのそばに立って待っていた。忍が、花束を抱えてきた。

「女と会うんですか、忍さん？」

「いや、病院に行く」

「あんたほど、花束の似合わない男はいないな」

「おまえほど、この街が似合わないやつもいない」

「出ていけってことですか？」

「頼めば、出ていってくれるのか、おい」

「この街は、客を迎えるところだ。波崎がそう言ってましたよ」

「トラブルを抱えてきた客は、敬遠するよ」

「俺が、なにかやりましたか？」

「なにも。多分、なにもやっちゃいないだろう。だから、いまのまま消えて貰いたい」

「俺がなんのためにここへ来てるのか、波崎に調べさせてますね」

「追い出す口実も見つけろ、と言ってある」

「やれやれ、街全体が敵か」

「仕方ないさ。お客様としておまえを迎えたいところだが、商売をやる立場としちゃ、人品骨柄は見なきゃならん。おまえは、誰の眼から見ても、合格してないんだ」

「合格したい、とも思いませんが」

忍は、抱えていた花束を、ベントレーの助手席に放りこんだ。

「俺は行くぜ、山南。できりゃ、生きてるうちに消えちまえ」

「誰が殺してくれるのか、愉しみにしてるんですよ。自分で死んだことさえ気づかないような殺し方を、この街じゃしてくれそうな気がするな」

私が笑うと、忍もにやりと笑ってベントレーに乗りこんだ。

車に戻った。

しばらく走ったところで、電話が鳴った。

「ホテル・カルタヘーナにいるわ」

美恵子だった。携帯電話でかけているらしい。

「よく、泊めてくれたもんだ」

「最初は、断られた。でも、忍っていう人が戻ってきたわ。そして、泊めてくれた。一泊八万円ですって。すごい部屋よ」

「なんでもなく、泊めてくれたのか？」

「あなたの名前を言ったの。この街にいるはずだって」

「どういう気だ？」

「山南定男(さだお)を好きになった、ある実業家夫人って設定。あなたを捜しに、この街に来たの。その方が、関係ないで押し通すより、自然な気がするわ」

「邪魔なんだ」

「捜すわよ、いまからあなたを。そうすることで、あたしも自由に動き回れるし」

「勝手な言い草だぜ」

言ったが、その方がいいというような気もしてきた。どうせ、美恵子は会いたがるだろう。散々捜させてから会えば、その間に別な動きもできるかもしれない。

「とにかく、親父さんは、まだ気配すら見つかっちゃいない」

「間違っても、うちの人の名前は出さないでよね。出してないでしょうね？」

「俺を、素人だと思ってるのか。親父さんに育てられたんだぜ」

「そうよね」

「あんたこそ、気をつけてくれ。あんたが、出していいのは、俺の名前だけだ」

「憶えてないな」

「なにを？」

「あなたの躰が、どんなだったか。右の乳首の下に黒子があって、毛が生えてた。ほかには？」

住所を訊くような言い方だった。

「切り傷が、沢山ある。よく生きているなと思うぐらい、全身が傷だらけだ」

「わかった」

電話が切れた。

市来は、どれぐらいの金を貯めこんで、引退したのだろうか。この五年の生活ぶりは、まったく知らない。

女をひとり贅沢をさせながら養うだけの金を、市来は持っていたのか。もしかすると、この五年の間も、時には単独で仕事を踏むことがあったのではないのか。

街は、もう人工の光で満ちていた。私は、須佐街道に車を入れ、ホテル・カルタヘーナの前を通り抜けた。

## 13 札

入ってきたのは、波崎だった。

ほかの客は帰り、店の中は私と吉崎悦子だけだ。

カウンターに腰を降ろすと、波崎はにやりと笑い、ビールを註文した。

「ロックは嫌いらしいな、山南」

「別に。音楽を聴いている時間がなかったってだけさ」

夕方、『てまり』へ顔を出した。ロックがかかっていた。土曜日がそうだったと、聞いていたような気がした。

音が、すべてを消す。それが都合がいい時もあるが、ただ酒を飲む時は、もっと静かな音楽が好みだ。背後に人が近づいてきたとしても、気づかないほどの音響だった。

「十五分で帰っちまった、と宇津木が言ってたんでね。ロックが嫌いという以外、俺は理由が思いつかなかった」

「忙しいんだ、俺は」

「それなら、飲んじゃいないだろう。酔っ払ったら、水の上を歩いて、姫島へ行けると思ってるのか」

「久納義正は、土日にはなにをしてる?」

「さあ。ふだんと変りないだろう」

「おまえ、姫島から給料を貰ってるのか?」

「俺は、調査の仕事で、金は稼いでいるよ。わずかなもんだが」

「いまの雇い主は、忍か」

「その話は、したろう。ところが、新しい仕事が入ってね。並行してやることになった」

「久納義正を捜せという俺の仕事は受けなかったぞ。別の仕事があるという理由で」

「たまには、ひとつの躰に鞭打って、無理をさせることもある」

波崎が、ビールを呷った。悦子は、カウンターの中で、洗いものをはじめている。すでに、午前二時だった。

私は、六、七軒の酒場を回り、その数だけのビールを飲んでいた。昨夜、躰に印をつけた三人の男が、見つかるかもしれないと思っていたのだ。

「人捜しを頼まれた。ホテル・カルタヘーナの客さ」

私はオン・ザ・ロックのグラスを振り、氷を鳴らした。氷はもう終りだと、さっき悦子に言われたばかりだ。

「東京から来た男。百七十センチ、七十キロ前後。三十八歳。多分、淡いブルーのマスタングに乗っている。躰は、傷だらけで、右乳首の下に大き目の黒子(ほくろ)があり、毛が生えているそうだ」

「それで？」

「そいつ、この街にいるそうだ。理由はわからんが、見た人間から連絡があったというんだな」

「こんなところで飲んでないで、捜せよ」

「ずっと、捜し続けてた。徹夜で捜すほど、金は貰ってない」

美恵子は、ホテルに相談でもしたのだろうか。でなければ、すぐに波崎に会えるはずもない。

「ひとつ忘れてるぞ、波崎。その男の名前は、なんという？」

「聞き忘れた。明日、訊(き)いてみる」

「無能だな。俺なら、雇わんよ」

「規定料金で雇われてるからな。ただし、成功報酬はくれるつもりらしい」

私は、煙草(たばこ)に火をつけた。

「複雑に、なってきた」

「最初から、変らんね、俺は」

「女が絡むと、なにもかもが複雑に見える。そういうタイプか、おまえは」

「当たり前だろう。世界を複雑にしてるのは、いつだって女さ」

「あたしは、女に対する男の気持だと思うね。その逆もある」

悦子が口を挟んだ。

「とても、人殺しをする女にゃ見えなかったよ、依頼人は」

「あたしみたいに、殺しちまった女は、もうあがりさ。単純なもんだよ」

「二人目を、殺したくなることはあるだろう？」

「ないね、あたしの場合」

「断定できないのが、人生だと俺は思う」

「自分の頭の蠅（はえ）を追ってから言いな、波崎」

「まったくだ」

「あたしの嫌いなタイプに、どんどんなっていくよな、波崎は。玲子ひとり転がせなくて、男と女がどうのなんて言うんじゃない」

波崎が、肩を竦（すく）めた。

私は、ぼんやりとカウンターのしみに眼を落としていた。美恵子まで来てしまった。波崎や忍はそれをどう受けとめているのか。カウンターのしみを、指さきでなぞった。

「俺は、ちょっとばかり自分の仕事を見直してる。面白い事件に出会うと、生きてるって感じがしてね」

「群秋生の小説に、そのうち出して貰えよ」

「あの先生は、もっと深くて暗いな。気が滅入るぐらい、暗いよ」

「そうとは見えないな。俺は、一冊も読んだことはないが」

「小説を読みそうな顔はしてねえな。どこか太くて、ぶっきら棒だ。そういうやつにゃ、小説なんてもんはいらねえだろうさ」

波崎は、じっと私を見ていた。

「しぶとい男だよ」

「なにが？」

「俺がこれだけ探っても、おまえがなにをしにここへ来ているのか、見当がつかん。おまけに、女まで追いかけてきた」

「女ねえ」

「いまのところ、規定料金で、規定通りの仕事をしてる。ホテル・カルタヘーナに泊まって、俺みたいな調査員を雇って、本人は美容院だぜ。どこかの奥様らしい。指輪なんかも、大したもんさ」

「おまえが、どういう仕事を俺に望んでいるのか、訊いておこうと思ってな」

「なにを望むのも、筋合いじゃない」

「ああいう女に、首ったまにしがみつかれたら、音をあげたくなるよな。最初の一、二回はいいだろうが。欲しいものは手に入れようとする。いるんだね、ああいうの」

私は、黙ってほとんど氷の溶けてしまったオン・ザ・ロックを口に運んだ。洗いものを終えた悦子は、カウンターの中で煙草を喫っていた。

「俺はまあ、明日一杯、規定通りの調査をしようと思ってる」

「それを、なぜ俺に言う」

「俺は、自分にどういう札が回ってきたのか、見当がつかねえんだ。そういう時は、深く考えないようにしてる。札を持ってるってことだけは、オープンにしちまうのさ」

「わかった」

勘定を置き、私は腰をあげた。

波崎は、追ってこなかった。私は車を出し、ホテルへ戻った。

荷物を、ひとまとめにする。それから、シャワーを使った。私がやるべきことは、久納義正を捜すことではなくなった。久納義正を狙うことだ。

同じやり方、市来と同じやり方をとれば、どこかで出会うはずだ。出会わなくても、私が久納義正を消してしまえばいい。

この五年、市来はどういう生活をしていたのか。美恵子がホテル・カルタヘーナに平然と泊まれるほどの金を、どこかで稼いでいたのか。

ひとりで仕事(ヤマ)を踏んでいた、ということがあり得るだろうか。いくら経験を積んでいるといっても、六十を過ぎてからなのだ。

バスタオルを腰に巻いた恰好(かっこう)で、私は荷物の中から白い布の袋を引っ張り出した。中身は、ステンレスモデルのリボルバーである。作動を確認した。五年前と、どこか違っている感じがする。カメラ用の、先の小さなドライバーを使って、分解した。必要な個所に給油できるところまで分解すると、細部をしばらく眺めた。それから、油をくれる。組み立てる。やり方の手順は、頭よりも指さきが覚えていた。

組み立て、もう一度、作動を確認した。よくわからなくなった。五年前との違いといっても微妙なものだ。作動に間違いがなければいい。一度構えた。

弾倉をフレームアウトし、装塡(そうてん)する。

アメリカ製の、古い拳銃(けんじゅう)だった。三十八口径である。弾は、ひと箱あった。どういうわけか、市来は私にライフルを持たせようとはしなかった。そのくせ、エアライフルなどを使って、散々に練習をさせた。

拳銃を、仕事(ヤマ)に使ったことはない。いつも私が持っていて、逃げる時に必要になったら使うのだろう、と思っていた。拳銃の練習も、同じウェイトにしたモデルガンで、散々やらされた。

市来の代りにライフルを撃ったことが、一度ある。二度とも、一発だった。それで、標的(マト)は倒れた。

私が仕事(ヤマ)で使ってきたのは、ほとんどナイフだった。

刃渡り二十センチのものが最も長く、四センチほどの刃渡りのものまで、四本持っている。狙撃(そげき)の方が、足がつきやすい。弾をのこさないわけにはいかないのだ。何挺(ちょう)ものライフルを使うというのは、馬鹿げていた。銃には癖があり、手に馴染(なじ)むかどうか、というのもある。

バスルームの狭い場所に、私は砥石(といし)を持っていった。小さな砥石である。それで、四本をしばらく研いだ。バスルームを出ると、それからオイルストーンを出した。

オイルストーンで研いだ刃物は、微妙に切れ味が鈍る。しかし、刃が傷まない。つまり、タフになるのだ。長いものはオイルストーンを使わないが、三本はオイルストーンで仕上げておく。いろいろなことに使うから、タフな方がいいのだ。たとえば、ドアを破る時、タイヤをパンクさせる時。

研ぎあげた四本を、私はしばらく眺めていた。ガーバー製のフォールディングを使う。

# 14　崖の道

漁船には、クルーザーのようなキャビンはなかった。フライブリッジなどという、高い位置の操縦席もない。波飛沫があがると、頭から浴びることになった。

船頭が貸してくれたゴムの合羽を、私は着ていた。

「沖の瀬は、こりゃ揺れるよ、お客さん」

「これぐらいなら、なんとかなる」

「スクリューを停めるんだよ。わかるかね。ニュートラルにするの。推進力のない船は、木の葉みたいに揺れる」

「そういうもんか」

船頭は初老の、よく陽灼けした男で、エンジンメーカーのマークの入った帽子を被っていた。舵をとる船頭の後ろが、一番飛沫をしのげる場所のようだ。

「釣りする時は、船は停めるしかねえよ。曳き釣りなら別だがね」

「どう違うんだ?」

「曳き釣りだと、餌を引くわけさ。だから、底の方にいる魚は狙えないね。漁師は、よくやるよ。クルーザーなんかも、トローリングってやつで竿立ててやってる」

「釣れるのかい？」

「そりゃ、季節によるね。暑い時は、水温も高い。魚だって、上の方へ出てくる」

「寒いと、潜っちまうのか」

「いや、どこかへ行っちまう。それで、底の方にいる魚を狙うわけだ」

「いまは？」

「曳き釣りじゃ、どうかな」

「どうかなっていう程度なら、やってみてくれないか」

「まあ、沖の瀬はいいポイントだが、お客さんの状態を見てから決めることにしよう」

「ふだんは、漁船をやってるんだろう、これは？」

クルーザーほどのスピードがなかった。その分、横に揺れる気もする。

「そうだよ。客を乗せることもないわけじゃないが、シーズンで週に二日ぐらいかな。いまは、客なんかいない」

「たまたま、この時期に来ちまったんだ」

飛沫が降ってきた。頼りなげに、船は進んでいく。私は、風を避けるようにうずくまった。気分も悪くなりはじめている。

群秋生のクルーザーの、倍近い時間をかけて、ようやく沖の瀬に着いた。とたんに揺れが変り、私は手すりにしがみついた。

「さてと、道具はあるんだがね、お客さん」

「どうすればいい？」

「まず、錘を放りこむさ。餌は付けてある。錘が底についたら、三メートルばかり手繰る。それで当たりを待てばいい。船を停めてからだぞ。いま、魚探で底のかたちを探ってるから」

しばらくして、船の推力が消えた。船頭が頷く。錘を放りこんだが、それから先はどうでもよくなった。船べりにつかまったまま、海に胃の中のものを吐き出した。

「腹がたつな、ちくしょう」

船頭が、紐を持って手繰っていた。私に手渡してくる。持ったが、それはただ持ったというだけのことだった。前後左右どころか、上下にも船は揺れている。

私は、耐えていた。いまは、耐えることしかできないのだ。それにしても、船酔いというやつは、思考から気力まで奪ってしまう。

また吐いた。船頭は、見馴れているのか、大して気にした様子もなく、自分でも釣りをしていた。

頭の芯に、なにか差しこまれているような気がした。いっそ意識がなくなれば楽なのだ、と思ったが、意識だけははっきりしてくるのだった。

不意に、紐を持った手が衝撃を受けた。

「来た」

船頭が叫んでいる。無意識に、私は引きこもうとする力に逆らった。紐に、はっきりと生きたものの感触が伝わってきた。

「緩めるなよ。気張れよ。緩めると、岩の間に逃げられちまうぞ」

両手で、紐を持っていた。足は、船べりに突っ張っていた。船頭が、軍手を差し出してくる。片手を出すと、船頭がはめてくれた。両手に軍手をしても、紐はやはり動かなかった。引きこまれるのに耐えるので、精一杯だ。時々、横にずれるような感じが伝わってくる。魚が、意志を伝えているという気がした。

「気張れ。勝負どこだ」

船頭が言う。私は、返事もできなかった。じわじわと、引く力が強くなっているような気がする。

強情だな。私ではない。魚の方が、そう言っている。なにをしに、ここまで来た。ほんとうに、おまえは釣りをしたかったのか。

じりっと、手の中の紐が出ていった。私は、引き戻した。全身に汗が滲(にじ)みはじめる。おまえ、姫島の爺(じい)さんって年寄りを知ってるか。ここは、姫島の近くだろう。もしかすると、おまえは爺さんに飼われてるんじゃないのか。ここには、海坊主もいるっていうじゃないか。

俺は、この紐は放さないよ。おまえがどう暴れようと、顔が見えるところまで引っ張りあげてやる。つまり、そういう縁だったってことだ。俺が、釣りをしに来たかどうかは別として、おまえは俺と紐で繋がった。だから、あげるよ。

両手が痺れてきた。顎の先から、汗が滴っている。

「大丈夫か？」

船頭が、顔を覗きこんでくる。

「もう、四十分は引き合っている」

そんなに時間が経ったのか。せいぜい十分ぐらいだろう、と私は思っていた。紐にかかる力が、強くなった。足を突っ張り、私は全身で耐えた。

不意に、紐がたるんだような気がした。手繰る。それができる。

「やったぞ、底から引きはがした」

船頭がそばで言っている。

諦めたのか。私は、魚に語りかけながら、紐を手繰っていた。ここまで頑張って、なぜすべてを投げ出してしまう。あと十分、いや五分頑張っていれば、俺が音をあげたかもしれない。紐が切れたかもしれない。

諦めるやつが負ける。すべてそうさ。

私は、魚に語りかけ続けた。船頭が、何度も声をあげている。大きな鉤が付いた柄を、両手で構え、声をあげ続ける。さらに、紐は軽くなってきた。

不意に、手応えがなくなった。海面から、水飛沫があがっている。なにかが、暴れていた。

「もう、こっちのもんだ。ギャフかけたからな」

船頭が叫ぶ。甲板に、大きな塊が投げ出されてきた。ぼんやりと、私はそれを眺めていた。

船頭が、棍棒で魚の頭のあたりを叩いている。

「クエだ、こいつは。五十キロはあるぜ」

魚体は、まだ小刻みの痙攣をくり返していた。諦めるからだ、と私は呟いた。

「大物だぞ。このあたりじゃ、滅多にあがらない大物だよ」

私は、甲板に寝そべっていた。急速に、汗がひいていく。

「よく頑張ったよ、お客さん。これぐらいだと、最初が支えきれないで、大抵は根の中に入られちまう」

「それで、どうなる?」

「根ずれってやつさ。岩に紐がすれて、切れちまう。最初に踏ん張った。だから、こいつも岩の間に入ることができなかった」

五十キロと言われても、それほど実感はなかった。

気分が悪くなって、私は船べりから吐いた。

「揺れのないところへ行こうな」

「島だ。島があるだろう」

「姫島にゃ、普通の船は入れねえよ。まあ、島のまわりなら、ここよりずっと静かだが」

「島を一周してくれ。静かな入江にでも入れて、釣りをしよう」

「ないな、錨泊（びょうはく）できるような入江は。本気で捜したことはないし、近づかないようにもしてるんだが」

「とにかく、沖の瀬を抜けてくれ」

船に推力がかかった。しばらく走ると、揺れは穏やかなものになった。姫島は、すぐ目前である。やはり沖の瀬は、姫島への海の壁だった。

「あっちが、港でな。緊急の時は入れて貰えるが、今日ぐらいの波じゃな。それに、俺は隣村のやつらが好きじゃなくてな」

「村って、街だろう、あれは」

「十何年か前までは、うちと変らない村だった。神前亭一軒があるだけでな。神前亭と同じくらいの規模で、ホテルが建った。同時に、S市と繋がるトンネルができてね。それは高速道路と繋がったことでもある。それからだね、まるで化物みたいに大きくなった」

「十年ぐらいで、突然か」

「最初の二、三年は、そりゃびっくりしたもんだよ。極端な話、日毎に変ったね。畠だったと思ったところが、埋立てられて、ホテルができる。裏の山を切り崩したんで、土はいくらでもあったし。三年で、大体ホテルが十五軒。どれもびっくりするようなやつさ。そして、道路だよ。トンネルに続く道路は、はじめからあんなふうだった。レンガの舗道が田圃の中にあるのは、そりゃおかしな景色だったもんさ」

「そんなにか」

「あそこの村の連中、まともじゃないね。そりゃ、昔からうちらよりずっと金持の村だったよ。山なんかいくつも持っててな。だけど、なんだってあんな街を造るんだね。外国みたいじゃないか」

「儲かってるんだろうな」

「そりゃもう、新聞に出るわ、雑誌に出るわ、テレビに出るわ、とにかく人が集まるようになってるんだね」

「この島は、開発されてないな」

船は、島の岸に沿って、ゆっくりと走っていた。船尾から、紐を流している。曳き釣りというやつを、やっているのかもしれない。

「ここの持主は、また変ってるって話だ。沖の瀬で機関が故障した船なんか、引っ張りに来てくれるらしいんで悪口は言えんがね。用のないやつは来るなだ」

私は、島の海岸を観察していた。どこも、岩に波が打ちつけている。ほとんどが切り立った崖で、そうでないところはかなり沖まで岩礁があり、船で近づくのは難しそうだった。

「おい、引け」

船頭が言った。私は、流していた紐を引いた。かなり重い。手繰れないほどではないが、息があがってきた。船頭が、また柄付きの鉤を持って船尾に立つ。今度は、まともな魚があがってきた。

「カンパチだ。七、八キロはある。お客さん、ついてるよ」

並べて置くと、クエという魚は、いかにもグロテスクだった。人間の頭ぐらい呑みこみそうな口をしている。

「あそこ、入れないかな」

崖が、切れこんだ場所があった。潮流からも遮られているのか、海面も静かだった。

「錨がどうかな。底が岩だと、打てないんだよ。まあ、試しに行ってみるか」

近づいた。船頭は、魚探を覗きこんでいる。水深は、十メートルぐらいのものらしい。

「ほう、砂地があるな。待てよ」

船頭はエンジンをニュートラルにし、舳先へ行って錨を放りこんだ。しばらく、ロープを握ってじっとしている。それから戻ってくると、エンジンを切った。錨はしっかりとかかったようだ。

私は、周囲の崖に眼をやった。這い登れそうなところが、何カ所かある。問題は、崖の下まで船を寄せられるかだ。

「下の岩のところに、人を渡せるかい?」

「その気になりゃな。ここには、暗礁はない。海面を見てると、それがわかるよ。おかしな波が立ってるところはないだろう。だから、崖の下の岩までは行けるね」

「なるほど」

「それより、この底には、多分魚がいるぜ。魚探じゃわからんが、ヒラメなんかがいると思う」

「魚は、もういいよ、俺は」

酔いは、かなり回復していた。

船頭が弁当を差し出してきたが、私はほとんど口をつけなかった。帰りに、また沖の瀬で揉まれるのだ。胃に、なにも入れておきたくなかった。

「そういえば、きのうも俺の友だちが船を出した。雇ったのは二人で、やっぱり姫島のまわりで釣りをしたそうだ」

「ふうん」

「こんなそばまで寄らずに、ずっと曳き釣りをしたらしいが、魚なんかそっちのけで、島を見てたそうだよ。双眼鏡でな」

「おかしなやつらだ」

「まったくだ。二人とも、竿じゃなくズーム付きの双眼鏡を持ってきたというからな。島の買収でも目論んでる、不動産屋じゃないかね。あそこじゃ、なにがあったって不思議じゃないから」

二人。頭に入れておいた。たとえひとりだったとしても、市来とは思わなかっただろう。島のまわりを回る船。島では、気づいているに決まっていた。そんな目立つやり方は、市来のものではない。

「俺は、ちょっとばかり釣っていいかね。晩のおかずでもあがりそうだ」

「でかいのが、二匹もあがってるのに?」

「お客さんのだよ、それは」

「俺は、持って帰らない」

「そんなこと、言うんじゃねえ。旅館やホテルに持っていっても、調理場じゃ喜ぶ魚だよ。クエの頭なんか、眼のない人がいる。まあ、俺が運びやすいようにしてあげるから」

「わかった」

釣りに来た客でいる方がいい。釣った魚も持ち帰らなかったおかしな客と思われれば、それが誰かの耳に入る。

「俺は、二匹だけでいいよ。いや、カンパチとクエの頭でいい」

「そうかい。クエの身の方は、俺が貰ってもいいか。あがったら持ってきてくれ、という人が何人かいてね。配って歩ける」

喋(しゃべ)りながら、船頭はキスを何匹かあげた。細い糸を垂らしているだけだが、簡単に釣れるようだ。

私は、甲板に寝そべった。船は、ゆるやかに揺れている。

## 15 太刀筋

赤いジープ・チェロキーの後部荷台を開けた。

今朝、この車を貸して貰った。私のマスタングは、ガレージの端でうずくまっている。

「クエでしたら、先生の好物ですよ」

門のそばの家に、山瀬(やませ)という老夫婦が住んでいて、群秋生の食事の世話から庭の手入れまでしているようだ。この間の昼めしも、山瀬夫人に出された。

「車を、貸していただいたお礼にでもなれば」

小野玲子をつかまえて、車を貸して貰えるかどうか訊くつもりだった。日曜は休みで、庭で黄金丸と戯れていた群秋生と会った。

車の話をすると、あっさり貸してくれた。私の車をガレージに置いておくことも、承知してくれた。できるだけ回転をあげて走ってくれ、と群はその時言ったのだった。滅多に車に乗らないらしく、時々若月がエンジンを回しにやってくるのだ、とも言っていた。

「庭に持っていっていただけますか。普通の庖丁じゃ、クエの頭は手に負えませんので」

門から玄関のところまで、かなり距離がある。玄関前の車寄せと広い庭は、植込みで区切られているだけだった。

「おい、山南、クエの頭だと？」

インターホンで連絡を受けたらしい群秋生が、細長い包みを持って出てきた。

「クエの子供じゃないのか。見せてみろ」

荷台の、発泡スチロールの箱の中を見て、群は低い声をあげた。

「おまえ、自分で釣ったのか？」

「当たり前でしょう」

「そうだよな。クエの頭は、釣った人間の権利だよな。しかしでかい。五十キロはあっただろう」

「海に、引きこまれるのか、と思いました」

「よし、あそこに土が盛り上がっているところがあるだろう。運んできてくれ。カンパチは、頭だけ落としておくか」

山瀬と二人で、発泡スチロールの箱を運んだ。箱の蓋に、クエの頭を出した。身は、船頭が長い庖丁を使い、時間をかけて解体した。解体という言葉が、いかにもぴったりくるやり方だった。最後に、背骨を鋸で切り落として、ようやく頭だけになったのだ。

「人間で試すというわけにもいかん」

言って群が袋から出したのは、大小の日本刀だった。骨をこれで斬るつもりなのか、と私は思った。身ならば話はわかるが、骨となると、よほどの腕がなければ、刃がこぼれる。鞘を払った刀身は、美術品と言ってもいいものだった。

「水心子正秀だ。俺の自慢のひとつだが、斬れ味がわからん。いいものが手に入ったよ」

サンダルを脱ぎ、素足になって群は大刀を構えた。見事な構えだった。私に剣道の素養はないが、刃物の構え方はわかる。ナイフであろうと匕首であろうと、すべて同じだ。刃をどれほど生かせるのか。その一点に尽きる。群の構えは、引きの余裕を充分にとった、理論通りのものだった。

耳の脇で構えられた大刀が、気合とともに振り降ろされた。口を天にむけていたクエの頭は、微動だにしなかった。しかし、両断している。それがよくわかった。斬り口と直角に交差する位置に立ち、群はまた大刀を振った。頭が、四つになった。

群は、しばらく刀身に見入っていた。それから、和紙で何度か刀身を拭い、鞘に納めた。

山瀬夫婦が、当然のように、四つに分かれたクエの頭を、銀盆に載せた。発泡スチロールには、傷がついているようには見えない。

「カンパチの頭、おまえが落としてみろ、山南」

「えっ、俺がですか？」

「人の首を落とすようにはいかないだろうが、その脇差でやれ」

山瀬が、カンパチの尾を掴み、蓋の上に載せた。群が、顎をしゃくった。私は、脇差を手に執った。

「ここだ、山南。この線を斬ってみろ」

不思議な男だった。私は、刃物を遣おうという気になっていた。脇差を抜いた。群のように構えはしなかった。右手で、軽く振った。カンパチの頭は、きれいに胴から離れているはずだった。ほんのちょっとだが、私は後悔していた。私を見つめる群の眼が、一瞬鋭くなったのだ。

「行こうか」

群が言った。私は、まだ抜身を持ったままで、鞘に納めるべきかどうか迷っていた。

「そのまま、持ってきてくれ。打粉で手入れしておくから」

群に続いて、私は居間に入った。まず、和紙で刀身を拭った。群はソファに腰を降ろし、和紙を口に挟んで打粉を使いはじめた。握っていた脇差を、私はテーブルに置いた。

群の背後には、暖炉の火があった。薪が、気持のいい音をたてている。日本刀に打粉を打っている群の姿は、それでもどこにも違和感はなかった。

和紙で、刀身を拭っていく。刃こぼれひとつ、ないように見えた。大刀を鞘に納めると、脇差も同じようにした。わずかについたカンパチの脂も、きれいに拭い去られたようだ。

「剣をやった、というわけではなさそうだな。実戦的な斬り方だった」

「先生も、大変な腕をお持ちです。失礼ですが、小説家とは思えませんでした」

「俺のは、型から入ってるのさ。いまの時代、実戦なんてできるわけがない。仕方がないというか、当たり前だと思っていた」

「俺は、ただ斬ってみただけですよ」

「型から入ったやつには、それができんのさ」

どうして、刃物を遣うような真似(まね)をしてしまったのか、と私は思った。この男に、なにか見せたかったということか。

「俺は、刀を遣って、自分を抑えこまなきゃならん。そのために、刀を振ってる。まあ、自分を斬ってるってとこかな」

「どういう自分を、斬るんです?」

「酒を飲み続けて、死のうとしてしまうんだよ。半端な量じゃない。気づいたら、そうなっていることがある。いや、気づいたらじゃないな。そのたびに、誰かに助けられる。そうして気づく」

「アル中ですか?」

「違うな。普段は飲まずにいられる。やっぱり、自殺願望だろう」

冗談を言っているのだろう、と私は思った。だから、ちょっとだけ笑い返した。群は、暗い眼で私を見ていた。

「おまえになら、斬られてもいい、という気分になったよ。いくら払えば、斬ってくれるかな。首を落とされるのはいやで、首の根もとから袈裟に入って、心臓まで達する太刀筋がいい」

群は、暗い眼のままだった。姫島の久納義正が、群の肝臓を心配している、という話を私は思い出した。死ぬほど飲んでしまうというのは、ほんとうなのかもしれない。

「三千万ぐらいで、引き受けないか?」

冗談ではないかもしれない。呈示した金額まで、私の仕事の値段だ。不意に、この男の前にいるのが、息苦しいような気分に襲われた。

「八時から、食事にする」

群は、また普通の眼に戻っていた。

「と言いますと」

「おまえは、クエとカンパチを食う義務があるんだよ」

「そうなんですか」

「ほかにも、何人か呼んでおく」

午後四時を回ったところだった。

「車は」

「乗ってくれないか。荒っぽく乗って、潰(つぶ)しちまったところで、車は怒らんよ。ひどい時は、ひと月以上動かさないんだから。若月が忙しい夏場は、特にそうだ」

「なぜ、三台もお持ちなんです？」

「三台入るガレージを造っちまったからさ」

私は、肩を竦めた。

群の家を出ると、そのまま街を通り抜け、S市まで走った。

いくつかあるビジネスホテルの中から、久納義正の事務所のあるビルを見張れる場所を選んで、チェックインした。

双眼鏡を、ひとつ買った。三脚も買い、窓際にセットした。ズームで、十八倍まで拡大できる。事務所の中は、窓がミラーのようになっていて覗けない。屋上のヘリポートも、高過ぎて無理だ。

ビルの入口を見張れるようにした。退社時間なので、かなりの人数が出てきている。顔も、なんとか識別できた。

久納義正を、私が標的(マト)にするしかなさそうだった。事務所と島。狙う場所は二つある。市来も、この状態ではじっくりと腰を据えるはずだ。急がないことだった。

七時半には、群の家へ行き、ジープ・チェロキーをガレージに入れた。私のマスタングは、ガレージの脇に出しておく。

「山南さんが、お釣りになったんですってね」

小野玲子が出てきて言った。やはり群に呼ばれたのだろう。山瀬夫婦の家の前に、シルビアが一台駐めてあった。

私は、ゲーム室になっているところで、しばらく玉を撞いていた。最初にやってきたのは忍で、三崎れい子という『パセオ』の歌手を連れていた。若月が『スコーピオン』の永井牧子を連れてきた。顔じゅう白い髭だらけの男が、吉崎悦子を連れてきた。男は児玉と名乗り、蒼竜の船長だと言った。ハーバーに二本マストの大きなヨットがいる。それが蒼竜だと、すぐにわかった。

奇妙なパーティだった。

群が日本刀で四つにしたクエの頭は、さらに細かく刻まれ、煮つけて大皿に盛られていた。全員が、それを手で摑んで、しゃぶりはじめる。骨と骨の間にある身を、吸い出すようにしているのだ。ひとしきり、それが続いた。骨だけになったものが、別の皿で山になっていく。ほとんど、誰も喋りはしなかった。

私も、口のあたりだろうと思える骨をしゃぶった。うまいのかどうか、よくわからなかった。食いものは、それほど気にして生きてこなかった。食えればいい、という程度の考えしか持っていない。

「久しぶりだなあ」

骨だけが積みあげられた時、忍が言った。それを合図にしたように、会話が弾みはじめた。

皿が、カンパチの刺身と入れ替えられた。誰も、カンパチを黙って食いはしなかった。

私は、オン・ザ・ロックのグラスを持って、腰をあげた。食事は終りという感じになったからだ。食堂のテーブルは、十二人座れるもので、群はふだんひとりで食事をしているのだろうか、と私は考えた。

「須田と美知代さんがいれば、クエを食う仲間は揃ったことになるが」

忍が言っていた。今度こそ、自分が釣ってくる、と児玉が言っている。私は、かなり貴重な魚をあげたようだった。

「波崎が、捜してたぞ」

若月が、テーブル越しに私に言った。

「おかしなことになってるじゃないか、おい」

忍がふりむいた。

「なんだい、おかしなことってのは？」

「いやね、先生。山南を捜して、女が現われたんですよ。うちに泊まって、波崎を雇ってるってわけで」

「波崎は、真面目に捜しちゃいないってことか」

「捜す必要もないですから」

若月が、口を挟んだ。

「それにしても、女か。チェロキーとマスタングを交換したのも、女に見つけられないためだったんだな」

「なかなかの、美人ですよ。メルセデスなんか転がしてるのが、成金趣味ですがね。バッグはロエベ、服はダナキャラン」

「ホテルマンってのは、足もとを見るんじゃないのかね」

「これがまた、スニーカーときてる」

「いいね。歩き回って男を捜そうって感じが出てるじゃないか」

「いまのところ、部屋に籠りっきりですがね」

「とにかく、山南は逃げ回っているというわけか。女は、惚れていても追ってくるが、憎んでいても追ってくることがあるからな」

「羨ましい話ですよ」

児玉という男が口を挟んだ。

テーブルの刺身も、かなり少なくなっている。新しいオン・ザ・ロックを作った。群は、ブランデーを飲みはじめているようだ。

「この街で、どこか身を隠すところはありませんか？」

私が言うと、忍がちょっと考える表情をした。若月が代りに答えた。

「旧市街の、どこかだな」

「古い家屋の密集しているあたりか」

「まあ、捜すのには、一番面倒なところだ」

「しかし、なんでここにいるなんてことが、女に割れたんだ、山南？」

「誰かが、俺を見たらしい。波崎は、そう言っていたよ」

ふむという声を出して、若月が腕を組んだ。

女が四人で喋りはじめている。居間に移って、パーティはまだ続きそうな気配だった。

## 16　二人組

廃品の山のようなところだった。

日向見通り(ひなたみ)から、神前川に沿って左に曲がったところだ。

新井(あらい)という名前を耳打ちしてきたのは、若月だった。新井が、人を匿(かくま)うのかどうかは、わからない。パーティの終りに、なにかありそうな感じで、場所と名前だけを言ったのだ。

古びた家だった。廃品は、トタンで囲った塀の中にあり、塀が途切れたところにトラックが尻(しり)から突っこんであった。

チャイムを押すと、パジャマ姿の若い女が出てきた。

「新井さんは？」

「寝てる、まだ」

「ちょっと、話があるんだがな」

「あと二時間ね。話があるんなら、起こさない方がいいわよ。機嫌が悪くなるから」

「二時間後に、ここへ来ればいいのかい？」

「仕事は休みだもん。今日は」

「わかった。気に入りそうな土産って、なにかな？」

「お金ね」

言って、女は白い歯を見せて笑った。まだ二十そこそこというところだろう。

私は、ジープ・チェロキーに戻り、どこへ行くかしばらく考えた。

川沿いの細い道を走り、須佐街道に出ると、きのうの村へむかった。

前を、品川ナンバーの車が走っていた。アルファロメオのセダンだ。私は、ずっとその後ろを走る恰好になった。

アルファは、そのまま村へ入っていく。

きのう雇った船頭の家の前で、私は車を停めた。

「おう」

船頭は、朝の漁から戻ってきたところのようだった。客がいる時だけ遊漁船をやり、あとは漁師をやっているのだろう。

「きのうの礼を言っておこうと思ってね。それから、沖の瀬よりも島寄りの海域で、また釣りがしたい」

「じゃ、連中と同じかい」

「連中って？」

「あんたの前を走っていったじゃないか。今日も、船を出す気らしいな。また、姫島のあたりで釣りをしたいんだと」

アルファロメオに乗っていた二人。私と同じ目的で、姫島へ行こうとしているのか。

私は、船頭と一緒に、港の方へ行った。

「クエは、煮つけにしてパーティをやったよ。骨をしゃぶっている間、誰も口をきかなかったな」

「そりゃ、あれだけのクエは、滅多にあがるもんじゃないから」

「釣った俺の腕というより、船頭の腕がいいということになった。しかし、なんとなく大きな顔はできた」

「あんたは、気張ったよ。岩の間に入られたら、もう根ずれだったろうし、最初に気張らなけりゃ、そうなっちまう。それを気張ったんだからな」

「腕や肩が痛いね」

「それに、酔ってた。つまり、上出来だったんだよ」

　二人が、岸壁から船に乗りこもうとしていた。ひとりが、私の方を見ている。船はすでにエンジンがかかっていて、二人が乗りこむと動きはじめた。

「また釣りもしたいが、俺は姫島を探検したくなった」

「上陸できたって話は、聞かないね」

「きのうの場所からなら、上陸できるんじゃないかな」

「確かにね。俺はいままで、上陸しようと思って、あの島を見たことがなかったから」

「できるか？」

「お客さんが、そうしたいと言うんならね。上陸したあと、なにがあろうと俺は知らないけど。俺はどこかで待ってて、また船で帰ってくるんだろう？」

「そうだが、いますぐってわけじゃない。その時には頼むが、気が変って釣りだけってことになるかもしれない」

「釣りだけの方が、いいような気がするが」

　二人が乗った船は、港を出ようとしていた。

「あの島の漁師とは、知り合いでもないし、魚もS市の市場に揚げてるんだろうから、ここへも来ない」

「行ったことがあるやつが誰もいないんで、かえって興味が湧いてきたんだ。宝島みたいなもんかもしれないぞ」

「宝島ねえ」

私は、船頭と十五分ほど話をすると、アルファロメオの方へ行き、中を覗きこんだ。気になるものは、なにもなかった。まるでレンタカーのように、私物はなにも置かれていない。ただ、灰皿にだけは、吸殻が溢れていた。

ジープ・チェロキーに戻った。船頭の姿はもうなかった。

あの二人は、なんのために姫島を探っているのか。運転しながら、それを考えていた。街で、姫島へ行く船を捜しても、見つからなかったに違いない。

目的は、なんなのか。市来と同じ目的を、持っているのではないのか。殺しを確実にするために、二人の殺し屋を雇う依頼人は、いないわけではなかった。市来は、それを嗅ぎ分ける鼻を持っていたはずだ。

考えているうちに、街へ戻ってきていた。

新井は、起きていた。

「さっき、娘さんに話しておいたけど」

「娘じゃねえ」

「お孫さんか」

新井は、七十を越えているように見えた。皺は深く、眼は落ちくぼんでいて、額にはしみが浮いている。

「孫も、いねえよ。あれは、俺の女房だ」

冗談ではないかもしれない、と私は思った。市来と美恵子の例もあるのだ。

「信じねえのか？」

「いや」

「そうさ、俺の女房さ。若い男にゃ、手も触れさせねえ」

「話は、そのことじゃない」

「いや、そのことさ。俺は、金が要るんだ。買わなきゃならねえものがある。だから、話ってのも、金次第さ」

「わかった」

情報屋の類いだろう。若月が耳打ちした。それを考えれば、いい加減な情報屋ではないのかもしれない。

「俺は、人を捜しててね」

「俺は、買わなきゃならねえものがあるんだ。それをやらなきゃ、立たねえんだよ。女房を、躰で繋ぎ留めておくこともできなくなる」

「金は、払うよ」

「週に二日、俺は女房を抱く。入れたらあんまり動かないが、三時間は続ける。女房は、泣き叫ぶよ。こんな真似、若い男にできると思うか？」

「人によるだろう、それは」

「誰にも、できやしねえさ。俺は、そう思ってる。入れる前に、入歯をはずした口で、躰を嚙んでやるのさ。一時間も、嚙んでるよ」

「もういい」

「なぜだ？」

「あんたが女を泣かせてるって話を、聞かされてるだけじゃないか」

「そうだ。俺は、女房を泣かせてる。そうするために、金が要る」

女の姿は、見えなかった。私は、ポケットから一万円札を摑み出した。

「帰れ」

「この街で、長く隠れようと思ったら、どこがいい。ひと月もふた月も、目立たないでいようと思ったら」

「帰れ、馬鹿野郎」

私は、一万円札をもう一枚出した。

「俺は廃品回収で、この街を回る。一軒残らずだ。ホテルだろうが普通の家だろうが、裏口から入る。裏口ってやつは、見えねえものも見えちまう。月に一回は回るね」

新井が必要としているのは、覚醒剤（かくせいざい）だろうと私は思った。三枚目の、一万円札を出した。

かすかに、新井の眼が動いた。

「全部回るのに、ひと月以上かかる。集めてきたものが、いつも金になるとはかぎらねえ。金にならねえものは、そこで山になってる。だけど、せっかく集めてきたのに、惜しいと思うよ。俺は」

私は、摑んでいた一万円札を、ポケットに戻そうとした。

「ケチな野郎だな。俺の情報は、五万で買うというやつが、いくらでもいる」

「悪いが、その情報を必要としているのは、俺だけでね。つまり、競争相手がいない」

「いやな野郎だよ、まったく。いい、金を渡せ。喋ってやる」

一万円札を一枚だけ、私は渡した。

「話の内容次第では、残りも渡す」

「目立たずに隠れる場所か。ひとつだけあるな」

新井が、私を見つめている。私は、もう一枚渡した。

「どこから来たかは、知らねえ。東京の男だとは思うが、わからねえな。もう、五日ばかりになるはずだ」

もう一枚、渡した。

「お経でも、聞きに行けよ」

寺にいる。そういうことだろう。考えてみれば、一番市来らしいと言ってもよかった。

この街に、寺がいくつあるのかは知らない。調べれば、すぐにわかるはずだ。

「東京から、二人組がこの街に来てるが、なにやってるか知ってるか？」

「そりゃ、別件だな。三万なら、いまのだって喋らねえところだが、はじめだからサービスしてやったんだ」

「あんた、商売が下手だ。サービスして、おまけまで付けておく。それで、次の話も持ちこまれる。もっと重要なやつがだ」

「その時、稼げばいいか。冗談じゃねえ。俺は、いつくたばるかしれたもんじゃねえ。先行投資なんてのは、ごめんだね」

「そうか。じゃ仕方がないな。この街で情報を集めるには、波崎という男を雇えばいい、と教えられた。知ってることは教えてくれるし、わからんことは調べてくれるそうだ」

「あいつか」

「料金も、明朗らしくてね」

「あの二人、誰かを捜してる。姫島のことを、やたらに気にしてもいる。捜してる誰かと、姫島とは全然別だな」

「いいおまけが付いた。なにかあったら、波崎じゃなくあんたに頼む」

「あいつも、いい男さ。俺は、何度もあいつに人を回して貰った」

「奥さん、大事にしてやれよ」

「俺が、大事にされてる」

新井が、にやりと笑った。

## 17　一族

称徳寺（しょうとくじ）という寺が、ひとつあるだけだった。

もともと、小さな村だ。いくつも、寺がある方がおかしいのかもしれない。神前亭と、川を挟んで隣り合っている。そのむこうは、植物園だった。

教会は、いくつかあった。ほとんどが、結婚式と葬式に遣われているようだ。

私は、リスボン・アヴェニューの『エミリー』という花屋に入り、菊の花をひと束買った。それはすぐに、チェロキーの助手席に置いた。忍のベントレーがやってくるのが見えたからだ。『エミリー』の前を通りすぎ、『スコーピオン』の前で停った。

私は、歩いて『スコーピオン』に行った。

忍と喋っているのは、吉崎悦子だった。店の隅の席でむかい合い、顔を寄せるようにしている。内密の話をしている、という感じだった。

私はベントレーのそばに立っていた。

十分ほどして、忍がひとりで出てきた。

「おまえか、山南」

「ちょっと慌ただしいって感じがするね、忍さん。なにか焦ることでもあったのかな」

「いろいろとな。おまえが敵なのか味方なのか、俺にはいまだにわからん」

「敵でも味方でもない。そういうことは考えてみないのかい？」

「そういう存在は、客だけだな」

「じゃみんな、多少なりとも敵か味方なんだな」

「敵になったり味方になったりするやつは、いくらでもいる」

「俺は、いまだにいろんなことが呑みこめないんですよ。おかしな街だ」

「誰も、おまえが姫島の爺さんを捜してる、とは思ってない。はじめから、思ってないぞ」

「捜してるんだけどな、いまも。こうなったら、一度ぐらいは会ってみたいし」

「やめておけ。水村って知ってるだろう？」

「ああ」

「あいつと、やり合わなくちゃならん。それは、ちょっときついことだぜ」

「その時は、覚悟しますよ」

「ひとつだけ、おかしなことがある。大抵のやつは、この街へ来てすぐに、派手なことをなにかやる。撃ち合ってみたり、襲われたり、立回りをやったりだ。おまえは違うな。紛れこんできた牛みたいだ」

「実際、そうなんです」

「しかし、けものの匂いがある。家畜じゃない匂いがな」

波崎のポルシェが走り過ぎようとして、急停止した。

「困るんだよな、お尋ね者が、堂々と歩いていたんじゃ」

「じゃ、その車の助手席に乗せてくれ」

「いいとも。俺は山の下のビジネスホテルへ行くところなんだ。そこに、俺が捜してる男がいるらしいんでね。それからまた、戻ってくる」

「気をつけろ、波崎。お尋ね者は、生死にかかわらず見つけろだ。なんとなく、今度だけはそうした方がいいような気がしてる」

「また、なにかあったんですか、忍さん」

「ちょっとな。こっちで、様子を見ることにする」

忍が、ベントレーに乗って走り去っていった。私はポルシェに乗らず、『スコーピオン』に波崎を誘った。

さっきまで忍と悦子がいた席に、私たちは座った。悦子はカウンターに移動して、永井牧子と喋っている。女の子が註文を取りにきて、私も波崎もコーヒーを頼んだ。

「俺はそろそろ、この街がどうなってるのか知りたい。それを訊く相手として、おまえを選んだんだがな。人選ミスだったかな？」

「いや」

波崎が煙草に火をつけた。

「正解だろう。俺は一年前に、この街へ来て、居ついちまった。一年前、俺はおまえと同じ壁にぶつかってたよ。その時、およそのことを教えてくれたのが、群先生だった。群先生があそこに家を建てたのは、七年ばかり前のことでな」

コーヒーが運ばれてきた。ひと口啜り、私がカウンターの方に眼をやると、牧子が笑顔を投げてきた。ペーパーフィルターで淹れている。

「久納一族のことがわかれば、あとは自分で考えるしかない。誰も、ほんとのことはわかってねえ。忍さんとか、そういう一族の人間は別にしてな」

波崎が語りはじめたのは、難しいことではなかった。

この街から、背後の山深い地域まで、すべて久納一族が掌握しているという話だった。どれほど奥深いところまでか、見当もつかないと言う。

久納一族には、四人の兄弟がいた。上の三人のうち、子供を残したのは長男だけで、その二人の子供が、いま神前亭の社長とホテル・カルタヘーナのオーナーだという。この兄弟の仲がよくないことで、いろいろ起きるらしい。

「大きなトラブルは、ほとんどそこからだ。俺も、最後にはそこにぶつかった」

「久納義正は？」

「末弟。つまり、神前亭の社長や、ホテル・カルタヘーナのオーナーの叔父(おじ)。忍さんの叔父でもある。忍さんは、二人の異母弟なんだそうだ」

「系図は、呑みこめてきた」

「久納家には、家臣というか、使用人というか、そういう家がかなりあったらしい。有形無形に、それはまだ生きてる。死んだ須田さんがそうだった。若月もそうだという。永井牧子も、吉崎悦子も、多分な。よそ者というと、俺と群先生ぐらいのものだ」

神前亭とホテル・カルタヘーナに対立があり、超然としてそれを見守っているのが、久納義正ということなのか。久納義正が、どちらかに傾いている。だから、片方が久納義正の命を狙う、というのはありそうなことだった。

「これ以上のことは、俺も推測でしか喋れねえ。だから、言わねえよ」

「頭の中に、筋道がついてきた。しかし、おまえ、なぜ俺に教えてくれた？」

「自分が、どんな札を摑んでるのか、はっきりと知りたい。おまえを、いつまでも曖昧(あいまい)な色ではなく、はっきりした色にしちまいたいのさ。上の方の様子が、なんとなくおかしいんでね。いざという時、おまえがネックになって動けなけりゃ困る」

「いざという時って？」

「わからん。だが、なにか起きそうだ」

昨夜は、若月が耳打ちをして、新井という老人のことを教えてくれた。今日は、波崎だ。私という人間に、はっきりと色をつけようとしている、ということは感じられる。

「街が意志を持ってる。そして、なるようになっていく。死ぬやつは死ぬし、生き延びるやつもいる。群先生は、よくそう言うな」

「なるほど」

「群先生は、人間の業を見るように、それを見ているようだ」

「波崎、女を連れて捜せ」

私は頷き、煙草をくわえた。

悦子が帰りかけ、立ち止まって言った。

「そしたら、山南ちゃんがどんな女に惚れられてるか、あたしたちも観察できるじゃないか」

「みんな、知ってるのか」

「きのう、ソルティが言い触らしたわよ」

「なかなかの女だよ。そそるような眼をしててな」

「結構な大人だって?」

「あんたよりは、若い」

「歳を訊いてんじゃない」

「しかし、忍さんと会ってたのか?」

「いろいろと、あの人も大変だ」

「好きでやってるんだ。好きでなきゃ、あんなホテルの社長なんてできねえさ」

軽く手を振って、悦子は出ていった。

もう一杯、私はコーヒーを頼んだ。

「姫島の爺さんを、俺は嫌いじゃない」

波崎は、煙草をくわえていた。火はつけず、唇で挟んで上下に動かしている。

「なんとなく、人間ってものに絶望しちまった。それでも、人間は悲しくて、やっぱり生きている。そんなふうに、この街を見ているような気がする」

「もういい。姫島の爺さんについては、あらゆることを想像した。俺にとっちゃ、もう会うことしか残されてない」

「おまえに、早く色をつけちまいたい。これが、俺の正直な気分さ。俺だけじゃない。忍さんもソルティもだ」

「おまえらの眼で見るんだ。俺に言ったところで、意味はないな」

新しいコーヒーが運ばれてきた。ネルを使ったらしい。澄み具合を見れば、それはすぐにわかる。手間さえかければ、ネルの方がちゃんとしたコーヒーになるのだ。

「あの女が、つまり市来美恵子という俺の依頼人が、おまえの恋人とは俺は思ってない。おまえを捜しに来た、というのも嘘じゃないかって気がしてる」

「なぜ？」

「勘だね。ついさっき、俺は経過報告に行ったところだが、彼女はバスローブ姿で海を眺めてた。その時、これは山南の女じゃないな、となんとなく思った」

「いいな、そうやって気楽にものを決めこんでいられるのは」

「俺がそう感じただけで、忍さんなんか複雑な事情があると思ってる。人妻だろうし、ちょっとあやうい雰囲気もあるし」

「俺は行くよ、波崎。久納一族について教えて貰ったことは、借りにしておく」

かすかに、波崎が頷いた。

私はテーブルに二杯分のコーヒーの代金を置き、腰をあげた。

車に戻る。すっかり時間を食って、昼めし時になっていた。私は、リスボン・アヴェニューをしばらく走り、イタリアンレストランを見つけて、スパゲティを食った。

# 18　尻尾

本堂と庫裡と法事などで人が集まる建物、そして墓地。称徳寺の境内は、そんなものだった。鐘がある。手を洗う場所がある。ほかには、桶などを置いておく、屋根の付いた棚があるぐらいだ。

私は、あらゆる気配を感じ取ろうとしていた。庫裡からの視線、境内の人影、周囲の森の様子。菊の花束を持って、墓地へ入っていく。墓石の字を読みながら、奥へ進んだ。

ここに、久納一族の墓はない。久納一族の墓所は、ずっと山に入ったところだという。しかし、それ以外の、かつてここが村だったころからの家の墓は、すべてあるはずだった。かなり奥まで進んだ時、私はようやく須田家と刻まれた墓石を見つけた。墓碑の最後に、須田光二とある。

私は、花を供え、線香の束に火をつけた。

たえず、視線を感じた。境内からではない。背後の山の方からだ。時々、樹間でなにかが光る。ガラスの反射のようだ。

私は、一度も会ったことのない、『てまり』のマスターの墓に、手を合わせた。

それから墓地を出て、ゆっくりと境内を歩き回り、車に戻った。

称徳寺から、植物園に抜ける道を走った。馬場で、馬が三頭走っている。馬場は植物園の外周にある数キロのコースで、木の柵が続いている。

森のそばにある厩舎とクラブハウスの駐車場に、私はアルファロメオの特徴のあるフロントグリルを見つけた。駐車はせず、そのまま梅園の中を通る道から、須佐街道に出た。

街の地図。観光案内ではなく、精密なS市一帯の道路地図だ。林道まで、書きこまれている。

ガラスの反射があったあたりに、私は印をつけた。徒歩で登ったのだろう。称徳寺から四、五百メートルの山の中腹で、車の通れる道はなかった。

その上の方には、林道が一本通っている。

神前川が、山の方では谷になっているので、須佐街道で大きく西へ迂回して、その林道に入った。舗装どころか、穴の多い、急な坂が続く。四駆のギアを、私は途中で何度もローに落とした。

称徳寺の真上までは行かなかった。途中で車を降り、しばらく林道を走った。山の中は、思った以上にエンジン音が大きく聞えるはずだ。

かすかに、息が弾んでいた。

音をたてないように、私は斜面を降りていった。岩に張りつくようにして、両肘で双眼鏡を支えた。二人。すぐに背中を捉えた。ひとりは、双眼鏡を覗きこんでいる。時々、言葉を交わしていた。

称徳寺に、市来はいない。私はそう思った。見張られはじめた時に、市来は気づいたはずだ。樹間のレンズの反射。そんなものには、一番神経質だった。いつから、見張りはじめたのか。きのうは、海に出ていないはずだ。今日は、すぐ戻ってきている。きのうから見張りはじめたとすれば、市来はきのう称徳寺から姿を消している。

振り出しか、と私は思った。

ただ、二人が何者だかを探ることで、新しい糸口は摑めるかもしれない。見張っておく必要はありそうだった。

ひとりが、うずくまってなにかやりはじめた。それだけだった。うずくまったまましばらく動かず、その間もうひとりは、ずっと双眼鏡を覗いていた。二人とも、黒っぽいコートを着ているが、うずくまっている方は前のボタンを開けていた。

しばらくして、うずくまった男が煙草を喫いはじめた。

夕方になった。

完全に暗くなる前に、二人は双眼鏡を収い、小径を降りていった。

私は手探りをするように斜面を登り、林道まで這いあがると、闇の中を車までそろそろと歩いた。

街へ戻ると、『てまり』のドアを押した。

まだ早い時間で、客も女の子もいない。カウンターの中から宇津木が頭を下げただけだった。須田という男の店。墓に花を手向けたら、一杯ぐらいは飲むべきだろう。頭の中の整理もしたかった。

「オン・ザ・ロックを」

「きのう、クエをお釣りになったそうですね」

ロックグラスを出し、氷を入れながら宇津木が言った。

「運がよかった」

「あの魚、岩の間に逃げこみます。そうなると、もうあがりませんよ。運だけではない、と私は思います」

「そうか。ありがとうよ」

低くジャズが流れていた。

黙って、私は酒を舐めていた。女の子たちが出勤してくる。ようやく、酒場らしい雰囲気になってきた。

「沖の瀬には、やはりクエがいるんですね」

呟くように、宇津木が言った。

「クエだけじゃなく、海坊主もな」

「うちのマスターが、あそこでクエをあげたことがあります。三十キロぐらいでしたが。

それから、私や野中や若月さんは、何度狙いに行ったかわかりません。当たりすら、ありませんでした」

「そりゃ、悪かった。よそ者の俺が、わけもわからずに引っ張りあげちまったってわけか」

私が煙草をくわえると、宇津木は素速く火を出した。

「ブリをあげたことはあります。『カリーナ』の上で、捌いて食いましたよ」

「若月のところの、クルーザーだな」

「あれは、若月さん個人のものです。『蒼竜』や『レディ・X』は、ホテルのものですが」

「いい船なのか？」

「フェニックスという、アメリカのボートですよ。いい船だと思います」

「そんなのを、所有してるわけか」

「家を売って、買われたようです」

「群先生の、バートラムってやつは？」

「あれは、憧れですよ。そんなに、数もありません」

「沖の瀬じゃ、揺れた」

「それは、やはり」

二杯目のオン・ザ・ロックを作ってくれと、私は手で合図した。氷から替えて、宇津木が作りはじめる。

ドアが開き、客が入ってきた。あの二人だった。

「申し訳ございません」

ウイスキーを注いでから、蓋を回しながら宇津木が言った。

「当店は、会員制になっておりまして」

「席はあるじゃないの。なんで飲ませてくれないんだい？」

女のような声だった。背の高い方の男だ。

「申しあげました通り、会員の方たちの店でございまして」

「一杯だけでいいんだけどな」

店の中を見回して、男が言った。

「会員の方の御紹介がなければ、お断りするしかありませんで」

「おい、つまんねえ商売やるんじゃねえぞ。酒場は、酒を飲ませるところだろう。金を払わねえと言ってるわけじゃねえし」

「この界隈(かいわい)には、ほかにも店がございます」

「ここで飲みてえんだよ、俺たち」

背の低い男の声は、濁ったようで聞き苦しく、威圧的な感じもあった。

「ほんとうに、申し訳ございません」

宇津木が、カウンターを出た。戸口に立っている二人の前に、立ち塞がる恰好だった。

「おい、若造、舐めるんじゃねえぞ」

「そうおっしゃられましても、お入れするわけには参りません」

宇津木が、殺気を放っていた。二人の男も、睨み合う構えに入った。

私がいるから、ここへ入ってきたのだろうか、と思った。今朝、漁港で見られている。乗馬クラブの駐車場も、山の中腹からは見渡せた。赤いジープ・チェロキーが気になっていて不思議はなかった。

二人の後ろから、若月が入ってきた。

「これから、会員の会合なんだけどね」

宇津木にむかって言う。宇津木は、黙って頷いた。なにか言おうとした男を、背の高い方が止めた。背の低い方は、自制がきかないようだ。眼の光も、まともではなかった。

「おい、入れるのか？」

「はい。申し訳ございません。奥はあいております」

「会員しか入れないはずだろう、おい」

二人の脇を擦り抜けるように入ってきた若月が、宇津木にむかって言った。背の低い男が、床に唾を吐いた。むかっていこうとする宇津木を、若月が止めた。二人が出ていった。

宇津木はしばらく、ドアを睨みつけたままだった。それから、モップを持ってきた。

「どうして入れてやらないんだ、おい。いい加減にしておけよ」

「ああいう人種は、入れません」

「まったく石頭になったもんだな、おまえ。そのうち、殺されるぜ」

「入れないのが、私の仕事です」

宇津木は、モップで床を何度も拭いた。それから、カウンターに戻ってきて、手を洗った。若月は、呆れたように煙草をくわえている。

「いまの二人は、確かに危ないやつらだ。しかし、俺や波崎や、そして山南だって同じようなもんだぜ」

「違います」

「どう違うんだ？」

「匂いが、違いますね。私は、それがわかります」

「しかし、石頭だよな、おまえ」

黙って、宇津木は火を差し出した。

「ところで、山南。おまえ、まだ尻尾を出してないみたいだな」

「もともと、尻尾なんてない」

「それで、女が追いかけてくるかよ、ホテルの中を歩いてるのを俺は見たが、いい女だったぜ。熟れて落ちそうな感じだな。特に、胸なんか外人並みだ」

胸だけは、昔も大きかった。美恵子の躰について、私が憶えているのは、それぐらいのものだった。

「こんなところで飲んでいるようじゃ、いずれ尻尾を摑まれるな」

「もともとないものを、どうやって摑む？」

「おまえだけが、そう思ってるんだよ」

きのう耳打ちした新井のことについては、若月はなにも言おうとしなかった。

「胸の大きな女が趣味なら、おまえ口説いてみたらどうなんだ、ソルティ」

ソルティと言っても、若月はいやな表情はしなかった。

「災難を、俺に押しつける気か？」

「おまえなら、うまく捌ける」

「胸が大きいといっても、牧子とはだいぶ出来が違う。しかし山南、おまえコーヒーの淹れ方を、どこで教えられた？」

「秘密だ」

「高がコーヒーだろう」

「されどコーヒーさ」

若月が肩を竦める。

店の奥で、女の子が二人、笑い転げていた。

私は、三杯目のオン・ザ・ロックを頼んだ。宇津木が手早くグラスを替えた。ようやく七時を回ったところだ。

新しい客が入ってきたので、三杯目を飲み干したところで、私は腰をあげた。

## 19　茄子(なす)

いやな気配だった。

ステーキ屋でサーロインを二百グラム食い、酒場でビールを一本飲み、ここまで車を転がしてきていた。山際(やまぎわ)新道と表示が出ているところだ。片側には寮や保養所などの建物が並んでいるが、片側は公園で、サッカー場やテニスコートやプールなどがあるようだった。

路肩に車を停(と)め、私はリクライニングのシートを倒した。

酔って寝てしまった。そんなふうにも見えるだろう。

それほど長い時間は待たなかった。

軽く、窓ガラスがノックされた。男が、タイヤのあたりを指さしていた。ドアのロックを解き、私は外へ出た。

「なんだよ。なんともなってないじゃないか」

「話があったのさ」

例の二人だった。

「話ってのは?」

私は、酔った足どりで、サッカー場の入口の方へ歩いた。人通りは少ない通りで、サッカー場の方は、多少植込みもある。

「俺たちと、同じ標的を狙ってるんじゃねえのか?」

「標的って?」

「姫島の会長さ」

「爺さんか。あんたらもか?」

「共同戦線って手がある。姫島ってのは、ちょっと上陸が難しそうでな。あんたも、それはわかってるだろう?」

「無理だと思ってるよ、今度の仕事は」

「もうひとり、狙ってるやつがいる。この間まで、寺に隠れてたが、きのうからいなくなった。間違いはねえ」

「もうひとり、いるのか?」

「こいつが結構な年寄りでね。しかし腕はいいらしい」

「どうして、わかる?」

「そういう話だ。もうひとり、腕利きを雇ったって。あんたじゃなさそうだ」

喋(しゃべ)っているのは、背の高い方の男だった。

「あんたがここへ来たのは、俺たちよりずっとあとだ。俺たちはここへ来て、もう一週間になる。あの年寄りは、もっと長い」

「むこうと組んだらどうなんだ」

私は、ベンチに腰を降ろした。背の低い方の男は、やはり危険だった。

「あんたは、今朝、俺たちを尾行(つけ)てきた。午後にも、乗馬クラブの駐車場で、俺たちを捜してたろう。つまり、組む気があるってことだ。それで、『てまり』って店に行ったんだがね」

「俺を尾行(つけ)てたのか？」

「赤いチェロキーは、目立つからな。このあたりの車を、手に入れたのか、あんた。ナンバーはそうだった」

「そんなことはいい。もうひとりは、組もうとしないのか？」

「警戒心が強い。それは悪くないが、どうも俺たちを警戒している」

「俺も、警戒してるよ」

「しかし、組む気もある。違うか？」

「姫島は難しい。たとえ組んでもな」

「さあ、どうかな」

「二人より三人。その方が、確率は高くなると思わないか」

「二対一ってことになるぜ」

「なんで、俺たちとあんたがやり合わなきゃならない。この際、誰に雇われたかも関係なく、とにかく標的を倒せばいい。そうじゃないか」

「組むんなら、残りひとりとも組みたいね。全員でだ」

「野郎、見つけるのは難しいぜ。とにかく、亀みてえに首をひっこめちまうんだ。あいつだって言われなかったら、仕事踏みに来てるとは思わねえな」

　市来が殺し屋だということを、誰かがこの連中に教えている。考えられるのは、市来を雇った人間が、この連中も雇い、そして市来の存在を教えたということだ。それ以外に、市来の存在が割れるわけはなかった。

　市来のやり方から考えると、とうに撤収しているはずだ。自分が見張られていると思った瞬間に、この仕事からは降りている。

　五年前までなら、絶対にそうした。いや、雇い主が自分以外にも雇うと嗅ぎ当て、仕事そのものを受けていない。

「年寄りでこの稼業ってのは、なにかすごい技を持ってるんじゃないのかな」

「あの野郎は、そっと忍び寄って、毒殺するタイプだ。まともな殺しが、あんな野郎にできるわけがねえ」

「毒なのか？」

「たとえばの話だ」

「あんたらは？」

「なんでもやる。銃も刃物も車も」

車というのは、交通事故を装うということだろう。

「あんたのやり方に、俺たちゃ合わせられる。乗らねえか。一週間張っても、隙は見えねえ相手だ。強行するにしたってよ、仲間は多い方がいいんだよ」

喋っているのは、途中からは背の低い方だった。

「あんた、なにができる？」

「俺は、爆破だけだ」

「なんでも？」

「ああ。船であろうと、ヘリコであろうと。時限装置もつけられるし、リモコンでもやれる」

「そいつはいい。俺たちにゃねえ技術だ。別の作戦が立てられるぜ」

背の高い方が二十七、八。低い方は三十を越えているだろう、と私は思った。

「爆薬は、持ってきてある」

私は、煙草に火をつけた。これ以上、二人から市来のことは訊き出せそうもなかった。

雇い主のことは、どういう目に遭わせようと、やはり喋らないだろう。

「ヘリコに仕掛けられないか、と考えてた。ただ、忍びこんだりするのは、苦手でね」

「任せろや、俺らに。俺らが、あんたをヘリコのところまで連れていってやる」

私は、灰を落とした。その手を、足首に持っていく。ベンチから、路面に転がった。背の高い方が叫び声をあげ前のめりに倒れた。さらに転がり、立った。

「てめえっ」

背の低い方が、ポケットに手を突っこんだ。私は、路面を蹴っていた。ぶつかる。男の手から、黒いものが落ちた。手首を押さえた男の、足もとに転がりこんだ。叫び声。立った。二人とも、のたうち回っている。腹を、蹴りつけた。

「年季が違う」

気絶した二人のそばにしゃがみこみ、私は呟いた。

「プロは、気易く人と組んだりしない」

二人のポケットを探った。大したものは出てこなかった。背の高い方の内ポケットからは、札束がひとつ。低い方の内ポケットからは、ビニール袋と注射器。覚醒剤のようだった。両方とも、私はジャンパーのポケットに突っこんだ。

路面に落ちているのは、小さなオートマチックの拳銃だった。それは、手にしなかった。銃器は、よほどのものでなければ、危険だ。

それほどの腕ではなかった。組もうと持ちかけてくるのだ。素人に毛の生えた程度の殺し屋だ。私が爆破と言うと、すぐに信じて、刃物に対する警戒もしなかった。

二人とも、片方のアキレス腱がきれいに切断されているはずだ。ほかの肉を斬るより、アキレス腱にはずっと手応えがある。といって、骨のような硬さはない。ピンと張ったゴムを切断する、という感じなのだ。

私は、二人の右手首のところの筋も切った。それで、右腕は動かせないし、回復しても、指の動きは元に戻らない。

斬った痛みからか、二人とも気づき、低い呻きをあげていた。

「怪我で済んでよかったな。おまえらなら、そのうち誰かに殺されてたよ」

車に戻った。

助手席に、人が乗っていた。ドアを開けて、はじめて私はそれに気づいた。ルームランプが痩せた男の顔を照らし出している。

「水村さんか。車を出させて貰うよ」

私はエンジンをかけ、車を出した。

Uターンして、トンネルのところへ出た。そこからは、リスボン・アヴェニューになる。

水村は、じっと前方に眼をむけていた。

「なにか、邪魔をしたかな、俺は？」

「いや、俺の代りに全部片付けてくれた」

「あいつら」

「二度も、島の近くまで船で来た。釣りもせずにな」

「久納義正を、狙ってたようだ」

「できるわけがない」

「そうかね。拳銃を持ってたよ」

「こんな時代だ。チンピラにだって、手に入る」

「どこへ、送ればいい？」

「急ぐなよ。一杯やろう」

「どこで？」

「どこだっていいが、『オカリナ』というのはどうだ？」

「いいね」

「大した遣い手だ」

「もう、錆(さ)びついてる」

「狙いは、会長か？」

「誰も。俺は、一文の金も手にしちゃいないからな」

車は、リスボン・アヴェニューを海にむかって走っていた。須佐街道の、一の辻(つじ)で右折する。すぐに『オカリナ』だった。

店に客はいなかった。悦子は、黙ってボトルをカウンターに置いた。

「片が付いた、と忍さんに伝えておいていただけますか？」

「いいよ」

悦子が言う。それだけで、水村は黙って飲みはじめた。

「誰も、狙ってないって？」

「そうだ。なんのためにこの街に来たかは、言えないがね」

「しかし、プロだ」

「昔の話さ」

水村は、私ではなく、あの二人を尾行（つけ）ていたのだろう。そして、私と会うことになった。私と会わなければ、あの二人は水村が始末したのだろうか。

オン・ザ・ロックを口に運んだ。水村にもボトルがあるらしく、それは私と同じ安物の酒だった。ひどく大人しい飲み方だ。

「拳法をやるって話を聞いたが？」

「錆びついちまってるさ」

「俺と、同じぐらいの歳（とし）かな」

「だったら」

「話、途切れさせたくない」

「同じぐらいだろう。四十にはまだだ」

「酒は？」

「こんなもんさ」

「俺は酔わんね。いくら飲んでも、酔わんよ」

「酔うとやられる。心の底に、そんなものがしみついてるからだろう」

「ガキの時に飲んでも、酔わなかった」

「俺は、駄目だな」

私は、グラスに自分でウイスキーを注いだ。水村はそれを見ている。

「あんた、ここへはよく？」

「こっちにいる時は。吉崎さんには、かわいがって貰った」

話が、途切れた。吉崎という男を話題にするのは、悦子を前に憚られた。オカリナが吹かれていない時、この店には音楽さえなかった。

「いつ、姫島へ帰るんだい」

「さあな。明日かな」

「なぜ、おたくの会長は、あそこに誰も上陸させない？」

「逆だな。誰も上陸して来ないところだから、家を建てた。港も造った」

「電気も、自家発電なんだろう。五千トンぐらいの船は、入れそうな港だしな。物資が不足することはないか」

「会長は、なにかをどうしたい、という方じゃない」

「あんなメガ・ヨット持ってて？」

「なにを持っていようとだ」

「好きなのか、会長を？」

「考えたことはないな」

悦子が、なにか器に盛ったものを出してきた。茄子だった。

「これは、どうも」

「重ちゃんの好きなものだよね」

「滅多に、食いません。揚げて煮つけたものが好きなものですから」

「コックに言えばいいのに」

「会長が焼茄子です」

「そうだよね」

悦子の亭主は、久納義正の秘書のひとりで、姫島とS市と半々に生活していた、という話は聞いた。そのころから、親しかったのかもしれない。

「水村さん、あんた家族は？」

「いるさね。気持の中に」

悦子がそう言ったので、訊いてはいけないことだったのだろう、と私は思った。

「この人。この間、沖の瀬でクエをあげたんだよ。大きかった」

「見てましたよ。あがったのを見て、でかいと思いました。そんな大物と引き合ってるようには見えなかったんですが」

どこからどう近づこうと、島からはお見通しだ、ということを水村は私に教えようとしているのかもしれない。錨泊（びょうはく）していた時も、当然見ていただろう。

「うまいな」

茄子を口に入れた水村が、低い声で言った。ほとんど感情を出すことがなさそうな男の、感情の籠（こも）った声だった。

## 20　従僕

まだトラックはいた。

女がパジャマ姿で出てくると、トラックに乗りこみ、エンジンをかけた。暖機する習慣があるらしい。

新井が出てきた。

私の車を見て一度足を止め、それからトラックに乗りこんだ。トラックが動きはじめる。

私はそれに付いていった。

トラックは日向見通りを左折して、神前川を渡った。植物園の中の道路に入ったところで、停った。私はチェロキーを降りていって、トラックの助手席に乗った。

破れたシートにつぎを当てた、年代物のトラックだった。

「なにが知りてえ？」

「調べて、知らせるってこともやるのか、と思ってね」

「金によるな」

「金はない」

「降りろ。いい加減にしとけよ、おまえ」

「代りに、これがあるが」

私は、ジャンパーのポケットから、ビニールの袋を出した。新井は、身を乗り出してきて覗きこんだ。ほんのわずかだけ、私は新井の黄色い掌に出してやった。

「すげえ。上物だ、これは」

「この街でも、手に入るのかい？」

「多少はな。まあ、S市の方が手に入りやすい。それでも、こんな上物じゃねえよ」

「効きそうだろう」

昨夜、背の低い方の男のポケットから出てきたものだ。

「これだけ買うとなると、いくらすると思う？」

「そりゃ、五十万は下らねえだろうな」

「これで、払えるか？」

金も、ひと束手に入れていた。しかし、こちらの方が、新井は必死になるに違いない、と思ったのだ。

「なにを、調べりゃいいんだ」

「きのう、俺はお経を聞きにいったが、もういなかった。あの男が、どこに隠れているかだよ、まず。この街じゃなく、S市という可能性もある」

「S市じゃ、俺は情報を集めるだけになる。同業者が、何人かいるからよ」

「それでいい。それから、この街に顔を腫らしたやつがひとりいる。多分、素人だ。手に繃帯を巻いているやつが二人。こっちはチンピラだ。どこの誰だか、教えてくれるだけでいい」

「わかった。それで、どれぐらい分けてくれる？」

「全部」

「ほんとかよ」

「その代り、毎日、俺に連絡をくれ。今日からだ」

「わかったよ。手付ってのは、ねえのかい?」

「仕事をせずに、溺れていられても困るからな」

「俺は、女房を抱く時しか使わねえ。それだけが愉しみだから、その時しか使わねえんだ。週二日さ。それ以上やると、死ぬね」

「わかった、信用しよう。五分の一ぐらいを、いま渡しておく」

「ありがてえ。今日、手に入れなきゃならなかった。おまえがきのう払ってくれた三万で、なんとかしようと思ってたんだが」

「女房に、なんか買ってやれよ」

「あんまり、外に出たがらねえ。うまいもん食って、ビデオ見てるのが好きなんだ。もっとも、俺に抱かれた翌日は、腰が抜けちまって寝てるがな」

「終ったら、全部渡すよ」

「おまけ、付けといてよかった」

私は、別のビニール袋に、少量を移し替えて新井に渡した。

須佐街道を引き返し、二の辻からサンチャゴ通りへ入った。右手は、歓楽街になる。渚ハーバーと表示が出ている橋を渡った。

ポンツーンに、シートを被せていない小型のクルーザーがある。風防だけで、キャビンは前部の船体の中らしい。ポンツーンに腰を降ろし、私は三十分ほど待った。

「なんのつもりだ」

ポンツーンまで歩いてきた水村が、低い声で言う。

「とにかく、立て」

「このクルーザーに、乗りたいと思ってね」

「いいから、立て」

水村は、近づいてこない。転がってアキレス腱を切る。その技は昨夜見ている。だから腰を降ろしている私を警戒しているのだろう。

私は、ゆっくりと腰をあげた。

「あっさり乗せてくれるとは、思ってない。ただ、なんとなくあんたと揉(も)めてみたくてね」

「よせよ。殺し合いになる」

「だよな」

「死にたいようには、見えなかったがな」

「発作的に、死にたくなる」

「俺が死ぬのは、構わないよ」

「久納義正を守る人間が、いなくなる。まるでいなくなるだろうな。二頭のドーベルマンだって、あんたがいなけりゃただの犬だ」

「なにを言いたい」

「久納義正は、殺し屋に狙われてる。それが、きのうの夜、よくわかったよ。もっと腕利きの殺し屋が来ないともかぎらん。きのうの連中だって、あんたさえいなけりゃ、姫島を襲えただろう」

私は、煙草に火をつけた。ポンツーンは、ゆるやかに揺れている。

「俺が死ねば、会長は自分で自分をお守りになるはずだ」

「爺さんと呼ばれてるのに？」

「なにもかも、俺がすべてをやってきた、と思ってるのか」

「少なくとも、護衛に関しては。裏の仕事のかなりの部分も、あんたがやってるんだろう。汚ない男だよな。自分の手は汚さん。顔も見せようとしない。それでも、殺し屋に狙われるからには、相当な玉なんだろうな」

「会長が、狙われているらしい、とは思ってるよ。忍さんも、心配している。理不尽に狙われることだって、人にはある」

「隠れてるとこが、気に食わんのさ、俺は」

「いまにはじまったことじゃない。十年も前から、ずっと同じ状態だ」

「十年も、怯(おび)えて暮してたのか」

「勝手に、そう思ってろ」

「あんたも、久納義正と一緒に、姫島で朽ち果てていくのか」

水村の表情は動かなかった。

「なにをしに、この街へ来た。山南?」

「久納義正を消しに」

「それは、あり得ることだって気はする。しかし、それだけじゃない。おまえの動きが、会長を狙ってるとは思えないんだ」

「会わせてくれないか?」

「それで?」

「会ってから、本気で消すかどうか決める」

ここで、なぜ、姫島へ帰る水村を待つ気になったのか。なぜ、ことさら水村とやり合おうとしているのか。その理由に、私は突然気づいた。私は、久納義正という人間と、会いたいと思いはじめているのだった。

殺すのではなく、会ってみたい。

「とにかく、俺はもう帰るぜ」

「久納義正を狙うとしたら、誰なんだ、水村?」

「会長は、狙われてなんかいない。この街で、勝手に動いてるやつらがいるだけだ」

「それでも、あんたが姫島を離れてここへやってきた」

「もうよせ、山南。おまえはいま、本気で俺とやり合おうとしていないし、会長を殺そうとも思っていない」

「その俺を、本気にさせるな、と言ってるのさ」

なにも言わず、水村はクルーザーに乗りこんだ。エンジンがかかる。

水村が、一度私の方を見た。束の間、合った眼をお互いにそらさなかった。

「舫いを解いてくれ、山南」

私は、黙って前部の舫いを解き、ロープを前甲板に投げこんだ。後部の舫いは、水村が自分で解いたようだ。

船が、ポンツーンを離れていく。水村は、もう私の方を見ようとしなかった。

「いつ、殴り合いがはじまるのか、ドキドキしながら見てましたよ」

駐車場まで行くと、野中が近づいてきて言った。ムーン・トラベルの事務所より、ハーバーにいることが多いらしい。

「あれを追いかけようか、野中」

「無理ですね。あの船、速いですよ。群先生のバートラムかなんかじゃないと」

「おまえのとこのボスの船でも駄目かね？」

「まずね。エンジンの馬力が違います」

追いかけたところで、どうなるものでもなかった。姫島へ行けば、ドーベルマンが歓迎してくれるだろう。

「水村は、船の扱いもうまいんです。もともと、本職ですしね」

「やっぱり怕いのか、おまえ」

「そういう男って、いますよ。亡くなった須田さんが、俺、怕かったし」

私はチェロキーに乗りこみ、エンジンをかけた。

「児玉船長が、朝から沖の瀬に行ってます。なにも言わないけど、クエを狙ってるんですね」

ハーバーに、『蒼竜』は繫がれている。もっと小さなフィッシングボートで行っているのだろう。ムーン・トラベルが船を動かすのは、やはり週末が多く、週のはじめは暇なようだった。

「クエってのは、狙って釣れる魚じゃない。俺はそう思う」

「多分、そうなんでしょうね」

野中が笑った。私はチェロキーを出し、ハーバーの駐車場を出た。

S市へむかった。

私が、久納義正を標的とした仕事を依頼されたら、どういう方法をとるか、運転しながら考え続けた。接近する方法が、まずないのだ。ちょっとおかしな動きをすれば、この街では目立つ。すぐに、監視がつく。私だけでなく、きのうの二人もそうだったはずだ。

二重三重に、久納義正は守られている。しかも、それが本人の意志だけでなく、まわりの意志というところもある。

トンネルを抜けた。

しばらく走ると、S市にひとつだけある超高層ビルが、雑木林の上に見えてくる。

結局、断るだろう、と私は思った。いろいろ調査して、この仕事（ヤマ）は不可能に近いという結論に達する。つまり、仕事（ヤマ）としては無理なのだ。

久納義正を殺す、ということだけを考えれば、方法はある。自分の命を、捨ててかかることだ。逃げなくてもいい、という発想に立てば、方法はいくつか見つかった。しかし、それは仕事（ヤマ）ではない。

ビルの近くに、車を停めた。

久納義正の事務所には、勤めている人間が何人もいるはずだ。その人間は、ビルの一階から入り、事務所の下の階まで行き、エレベーターを乗り換えるか、階段を使うかして、最上階に行くに違いない。

それを考えると、姫島よりは狙いやすかった。なにより、水村がいない。

それでも、ガードは固いだろう。

危険もなく試せるところまで、やってみようと私は思った。

# 21　隠居

ビルを出ると、私はチェロキーに乗りこみ、部屋をとってあるビジネスホテルまで走った。後ろから、ずっとポルシェが付いてくる。

奇妙な気分だった。ポルシェに尾行(つけ)られているからではなかった。私はなんの障壁も感じずに、ビルの最上階まで行ってしまったのだ。ほとんど予想はしていなかった。最上階へ直接行くエレベーターはなかったが、下の階まではたやすく行けた。

そこから階段を昇って最上階へ行く間も、誰にも咎(とが)められなかったのだ。階段の昇降をしている人間も、私ひとりではなかった。

最上階には受付があり、女の子がひとりいた。用件を訊かれ、久納義正に面会したい、と私は言った。約束のない者には会えない、という当然の答が返ってきた。弁護士事務所でも訪ねているような錯覚に、私は襲われた。紹介してくれる人間もいない時は、用件を書いた書類を出し、面会できるかどうかの返答は何日か待って貰わなければならない、と申し訳なさそうな表情で女の子はつけ加えた。

書類を出したからといって、面会できるかはわからない。しかし、最上階は、私が考えたような状態ではなかった。ごく普通のオフィスなのだ。

砦(とりで)のようになっていて、方々にカメラがあり、何重ものチェックがある。それでようやく最上階にあがれる、と私は考えていた。

「昼めしにしないか？」

チェロキーを降りると、ポルシェから波崎が首を出して言った。

私は頷(うなず)き、ポルシェの助手席に乗った。

「どうだった、あそこは？」

「正直、驚いたね。無防備だ」

「俺も、一度呼ばれたことがあってね。爺さんの部屋まですんなり行けるんで、ちょっとびっくりした」

「人を呼ぶこともあるのか？」

「忍さんなんかは、姫島へ呼ばれる。俺は、こっちの事務所さ」

「しかし」

「無警戒ってわけじゃない。第一、滅多に爺さんは人に会わないしな。大抵のことは、秘書室で片付けてしまう」

ポルシェは、狭い通りに入っていた。人通りも多い。

「システムは、できあがってる。爺さんのガードは、それとなく水村が二、三人付けてるだけだと思う。極端な話、乱入しなけりゃ、部屋の近くまではあっさり行けるはずだ」

「そんなもんか」

「襲おうってやつは、最初から難しいと考える。当たり前の方法を、試そうとしない」

「なぜ、俺にそれを言う？」

「襲ってみりゃいい、と思ってるからだ。あっさりと片が付くかもしれん」

「付かない場合は？」

「わからんよ。誰も、襲ったやつはいないんだ」

「姫島は、厳重じゃないか」

「島のかたちが、そう見せる。上陸させないのは、単に私有地だって理由だけさ」

「港以外から上陸するのは、確かに骨だろうな」

「あの島から、ヘリコプターで、ここのビルに通ってくる。誰だって、どれほど用心深い男かと思う。ところが、よく考えてみると、ヘリコプターで通うしか方法はないんだよな。船で、何時間もかけるわけにはいかないじゃないか」

「人嫌いだから、なおさら用心深そうに見えるわけか」

「ところが、そうでもない。群秋生なら、いつでも歓迎されるだろうし、ほかにも友だちは結構いるんじゃねえかと思う。ここからずっと離れた漁村だが、俺は爺さんが堤防に腰かけて、漁師と酒を飲んでるのを見たことがある。うまい干物を作る漁師で、それを売らないんだ。ハバナ産の葉巻と交換で、爺さんは手に入れてるらしい」

「友だちか、その漁師が」

「いまにもくたばりそうな、腰の曲がった年寄りだがね。息子たちがとってきた魚の中から、売り物にならない雑魚(ざこ)を選んで、干物にする。干物だって、売り物にゃならねえさ。ところが、酒の肴(さかな)にはいいらしい」

「ふうん」

「そんな漁師と、俺、おまえの付き合いなんだよ」

ポルシェが、食堂の前で停った。洋食と書かれた、古めかしい看板が出ている。

「うまいんだ、ここ」

建物の横に車を突っこんで、波崎が言った。

外見も古びていたが、中も古びていて、料理人だけ若々しかった。

「ポテトサラダとカツレツ。それにビール」

註文(ちゅうもん)を取りにきたのは、若い女で、奥に二歳ぐらいの子供がいた。メニューはなく、なにを頼めばいいか、私にはよくわからなかった。

「同じもの」

そう言うしかなかった。煙草をくわえ、ブリキの灰皿を引き寄せた。

「街を、爺さんが歩いてた。隠居して、時間を持て余してるって感じでな。俺はびっくりしたよ。水村も付いていないんだ。爺さんは、この食堂に昼めしを食いに来たってわけだ。

「爺さんは、この三分の一の大きさのカツを頼むそうだ。ポケットを探って小銭を出して、
悪くなかった。ポテトサラダが、ひどく懐しい味がする、と私は思った。

料理が運ばれてきた。ソースも付いてきている。

人の死は耐えられないが、自分の死はどうでもいいってな」

「そんなこと、わかるか。ただ、爺さんは、どうでもいいと思ってるような気がする。他
「殺せない、と思ってるのか？」

「殺せたら、殺せよ」

「毎日、昼めし時にここで張ってたら、そのうち爺さんがひとりで来る、ということか？」

「だから、襲いやすいように教えてやってるんだ」

「俺に、なぜそんなことを言う？」

「俺もさ。しかし、ジャンパーのポケットに手を突っこんで、爺さんはそこを歩いてた」

「わからんな」

人の運命を変え、ひと声で、欲しいと思うものが眼の前に運ばれてくる。

葉巻をくわえた、尊大な男。想像して出てくるのは、そういう姿だけだ。指先ひとつで
波崎の話が、すぐには信じられなかった。

ビールが運ばれてきた。

親父(おやじ)の代からの客らしくて、ここの若主人は、爺さんをどこかの隠居だと思ってるよ」

十円足りなくて、おまけだと言ったら、それは申し訳ないと言って翌日持ってきたそうだ。そういうことが、一度あったとさ」

「別人の話だろう」

「そう思ってろよ」

ビールを、もう一本追加した。

「おかしな二人組が、街に入った。気づいたのは水村で、つまり姫島を窺（うかが）ったということだな。その二人が、今朝は消えてる。どうなったのか、知らないがね」

不意に、波崎が話題を変えた。

「注意しろ、と俺は忍さんに言われてた。今朝、もう片付いたと言われたよ。水村が片付けたのか、忍さんがやったのかはわからん」

「じゃ、いま怪しいのは、俺だけってことになるな」

「そこなんだな。おまえは姫島の爺さんを殺しに来たんじゃない、と忍さんは言うんだよ。ソルティも同じ意見で、実は俺もそう考えてる」

「喜んでいいのかな」

「おまえに対する評価は、最悪だよ。殺し屋、と三人とも思ってるんだから。しかし、おかしい」

私は、久納義正を自分の手で殺そうと思っていないわけではなかった。ただそれは最後の手段で、しかも仕事ではない。老いぼれた市来を連れ戻すには、それしか方法がないかもしれない、と思っていたのだ。

仕事を踏む時とは、明らかに私の姿勢は違っていた。

「殺し屋が、街へ来てある人間を嗅ぎ回っている。客観的に考えりゃ、仕事だよな」

私は、カツの最後の一片を、口に押しこんでいた。

「ところが、そいつを追って女が現われる。殺し屋に惚れているようでもあり、そうでもないような感じもある」

「俺は、惚れていない」

「その女の知り合いが、おまえを見て、知らせる。人の女房って感じがあるから、おおっぴらな付き合いじゃないだろう。おまえと彼女の関係を知ってる人間の数は、かぎられる。そういうことを考え合わせると、どれぐらいの確率の偶然かということになるよな。俺の考えでは、きわめて稀な偶然だ。絶対にないとは言えないが、という程度の」

「みんな、悩むのが好きなのか」

「自分がいろいろ考える人間だって、俺ははじめて気づいたよ」

「俺について、討論会が開かれてるのかな」

「二度ばかり。忍さんが、めずらしく悩んでる。おまえ、須田さんの墓に参ったろう」

「よくわかるな」

「花を『エミリー』で買ったからさ。美知代さんは、二日か三日に一度は、墓へ行く。自分で売った花が供えられてたってわけさ」

お茶が運ばれてきたので、残ったビールを二人で飲み干した。

「忍さんは、それでまた悩んだが、俺はなんとなく鼻白んだね。須田さんを知ってて、そうやったとは思えなかった。なんとなく、称徳寺で、須田さんの墓を見つけたんだろうさ。美知代さんは、礼を言ってくれと忍さんに頼んだらしい」

「関係ない」

「それだ、俺が言ってるのは。おまえに、資格はないんだよ。須田光二に花を手向ける資格なんて、どこにもない。あの人は、俺たちにとっては大事な人だった。知らない人間に花を手向けられて、喜ぶ人でもない。どうせ、なにかのカモフラージュだったんだろう。それなら、道端の地蔵様にでも手向けろよ。俺たちの友だちを、安っぽく扱うな」

「すでに、死んだ人間だ」

「それが、殺し屋のいやしいところだな。ソルティにとっても、宇津木にとっても、そして俺にとっても、須田光二って人は生きてるんだよ」

わかるような気もした。しかし、ほんとうにわかるには、人を殺し過ぎてきた。

「まあ、それだけだ、言いたいのは」

「わかった。聞いたよ」

「もうひとつ、言うことがあった」

波崎も、煙草に火をつけた。

「依頼人が、苛立(いらだ)ってきてる。料金を貰っている以上、そろそろなんとかしなきゃならねえ」

「わかった。俺の方から、自首するよ」

「ほう」

「夕方、ホテルへ行く。追いつめて、ホテルへ追いこんだ、ということにしておけばいい」

「そうしよう。おまえがなにをやる気か探る、という方の仕事は、終ってない」

「勝手に、続けろよ」

店の奥で、子供が騒いでいる。客が入ってきはじめていた。ようやく、正午を回ったところだ。

## 22　人形

外来用の駐車場に、チェロキーを入れた。

玄関は、それほど派手ではなかった。むしろ控え目と言ってもいい。ムーン・トラベルがある方へは行かず、コーヒーラウンジに入った。

　この本館に、客室はない。ブティックや宝飾店などが入っていて、あとはオフィスのようだが、クリニックがあることに私は気づいた。

　コーヒーを頼んだが、『スコーピオン』のものより数段落ちた。出し方が仰々しいだけだ。しかも、値段は二倍近い。

「自首してきたそうだな、山南」

　にやにや笑いながら入ってきた忍が、テーブルを挟んで腰を降ろした。

「最悪だな、ここのコーヒーは」

「エスプレッソを頼んでみろ。ひと口で吐き出したくなるぞ」

「機械で淹れてるんですね、全部」

「パブリックスペースで、うまいコーヒーを出しちゃいかん。食事は別だがな」

「なぜ？」

「部屋でも、コーヒーが淹れられる。メイドが淹れるが、これは悪くない。それを引き立たせるためさ。紅茶も、ダージリンのフラワリー・オレンジ・ペコだ。つまり新芽の中の新芽。ここじゃ、ごく普通の葉を使う」

「こんな値段をとられたんじゃ、たまったもんじゃないな」

「部屋のコーヒーは、二倍の値段を出しても惜しくない、と思うようにできてる。すべてが、錯覚から成り立ってる。でなきゃ、嘘みたいな値段は取れんよ」

「詐欺だな、まるで」

「大変な贅沢をしたと、客が思ってくれりゃ詐欺じゃない。錯覚の演出、と俺は呼んでるんだ」

「つまり、コケ威しだな」

「この街そのものが、コケ威しさ」

「好きじゃないっていうように聞えますよ、忍さん」

「俺は最近、姫島の爺さんの気持がよくわかる。ピカピカの嘘は、カビの生えた真実よりましだという考えが、爺さんにゃどうしても我慢できないんだ」

「俺は、いいと思うけどな。いつまでもピカピカなら、嘘でもいい」

「そういう考えで、おまえは人を殺してきたのか?」

周囲に客はいないが、小さな声でもなかった。

「人は、いつか死にます」

「それを、殺し屋が決めるのか?」

「運命が決めるんですよ。殺し屋は、その運命を実行する機械みたいなものでしょう。それが殺し屋の時もあれば、交通事故の時もあるし、病気の時もある」

「そういう理屈を並べないかぎり、できない仕事だよな」

「俺が殺し屋だと、決めてしまっているんですね」

「違うのか？」

「足は洗ってますよ」

「金を貰って殺しはやらん、という意味か、それは？」

「休業中ってことです」

「いまも？」

「もう、五年になりますね」

「腕は、落ちてないだろう」

「わかりません」

「きのう、殺し屋が二人斬られた。病院に運ばれたが、朝には姿を消してた。俺は医者に会って、手際のよさを聞いたよ。アキレス腱の一番細いところを、見事にぶった切るそうじゃないか」

「眠ってるところを、襲いましたんでね」

「筋肉の収縮具合から見て、目一杯力を入れているところを、剃刀（かみそり）のようなもので斬ったんだろう、と言ってた。メスでも、ああはいかないそうだよ」

「その医者の、腕が悪いんじゃないかな」

「とにかく、水村がなにも言わん。片付いたと言うだけでな。拳法でぶち殺したんじゃないかと思って、病院に当たってみたんだ」

「俺と組んで、姫島の久納義正を殺そう、と持ちかけてきたんですよ。同意しなきゃ、俺から殺すって雰囲気だった。だから、動けなくしてやったんです。正当防衛だし、人助けでもあるな」

「反吐が出るな、殺し屋が正当防衛なんて口走ると」

「人を殺すことが、罪なんですかね、忍さん」

「なんだと」

「俺は、ずっと考え続けてきましたよ。死なせてやることじゃないかってね。人間って、自殺するでしょう。自殺するやつだって、死ぬのは怕いだろうに、死んじまう」

「自分の職業を、正当化するな」

「忍さんが、まずいコーヒーを出しているのを正当化する程度には、正当化しますよ」

「なるほど」

私は、煙草に火をつけた。重い、クリスタルグラスの灰皿を引き寄せる。

「灰皿ひとつ、部屋とは違うんでしょう。こいつだって、なかなかのもんですが」

「すべてが、違うよ。このラウンジの二段上だと考えりゃいい」

「いい眼をしてる」

「俺がか？」

「殺し屋を、ちゃんと見抜ける。五年前に、足を洗った殺し屋ではありましたが」

「深い意味があるのか？」

「なにも。人をそんなふうに見てばかりいると、疲れるんじゃないかと思って」

口もとだけで、忍が笑った。

なにか、諦めたような笑顔だった。私は、まだ長い煙草を消し、カップに残っていたコーヒーを飲み干した。カップも見事なものだが、通俗的ではあった。誰もが知っている高級品というやつだ。

「ところで、俺になにか？」

「御対面を、見物しようと思ってね。いま、波崎が迎えに行ったろう」

「ここへ、来ると思いますか？」

「わからん」

「人の、奥さんですよ」

「関係してから、それがわかったってわけじゃないだろう」

「なぜここまで来たのか、俺はずっと考え続けていました。不思議だな」

「もててるんだよ、おまえ」

「でも、不思議ですよ」

「彼女、いくつなんだ？」

「三十六。それぐらいのはずです」

「れい子と同じくらいか」

「忍さんの奥さんは？」

「四十八。娘がひとりいるが、もう結婚してる。これでも、孫がいるんだぜ」

「結婚が、早かったんですね」

「どうでもよかった。自分の血を、おぞましいとも思ってた」

「この街のトラブルの原因は、ホテル・カルタヘーナと神前亭の争いですか。そこのオーナーの、と言ってもいいが」

「余計なことに、口を挟むな」

「久納義正は、その間に立って、怒ったり嘆いたりしている」

「姫島の爺さんは、間になんか立たん。ただ見ているだけさ」

「そうですか。頭の中で、イメージだけふくらむ人物だな、まったく」

「おい、来たぜ、彼女」

忍が言った。私はじっとしていた。忍が、立ちあがる。足音は、カーペットに吸収されていた。私は、顔だけちょっと動かした。美恵子の、足と靴だけが見えた。

「うちの調査員は、御満足いただける仕事をいたしましたでしょうか、奥様」

忍は無表情だった。波崎の仕事は、このラウンジのコーヒーと同じだった。

「明日には、わたくし、街へ出ようと思っておりましたの」

「マスタングを、ジープ・チェロキーに乗り替えていまして」

波崎の声。私は、立ちあがった。

美恵子が、じっと私を見ていた。この五年で、どう変ったのか。歳をとったようには見えなかった。

「やあ」

「会えたわね」

美恵子の眼に、涙が盛りあがってきた。それだけで、流れ落ちはしなかった。

「こんなところへ」

「見つけられる、とは思っていなかった」

芝居、というほどのことではなかった。

「この人を、部屋へ連れていっても構いませんか。お代は二人分のはずですし」

「勿論。うちの調査員の仕事が終ったことを御確認いただいたら、私も退散いたします」

「なかなかでしたわ。不満はありません」

忍が一度頭を下げて出ていった。波崎もそれに続いた。

「カートが、あるわ」

私は頷き、美恵子に導かれるようにして歩いた。本館の建物を、玄関の反対側から出ると、数台のカートが並んでいた。美恵子と私は、その後部座席に並んで腰を降ろした。ボーイが、すぐに動かす。

二階建の、新館の建物だった。新館のほかは、すべてコテッジ形式らしい。充分な広さの土地に、点々とコテッジの屋根が見えた。あとは木立で隠されている。さらにそのむこうは、もう海だ。

右から二番目の部屋だった。ドアのところも、やはり木立だ。

カートを降り、部屋へ入った。玄関ホールのすぐ前に、階段があった。二階は、寝室のようだ。床の絨毯は厚い。

「なにやってんのよ。何日経ったと思ってんの」

ふりむいて、美恵子が言う。

「難しい。そう言ったはずだ」

「あんたが、代りにやったら」

「それも、難しい」

私は、居間のソファに腰を降ろした。部屋のコーヒーを飲んでみたいと思った。

遠くで、波の音が聞えている。

# 23　食後酒

神前亭もまた、ホテル・カルタヘーナと似たようなものだった。海ではなく、山際にあって川に面しているだけだ。本館があり、そこにはティールームやテナントと、フロントや事務所があるだけで、客室はすべて離れだった。

フロントは、紳士的だった。

別に、紳士的な態度を望んでいたわけではない。追い返されるなら、それもいいと思っていた。

五分も、待たされはしなかった。

「お部屋へ、御案内させていただきます」

若い男は、きちんとスーツを着ていた。私が、久納義正について訊きに入った時に応対した男だったが、その時のことはおくびにも出さなかった。

本館を出たところからカートに乗せられるのまで、ホテル・カルタヘーナと同じだった。

敷地の中はよく手入れされた森で、大きな池があるようだった。

私は、いきなりここを訪ねて宿泊を申しこみ、忍の名を出したのだった。私の名前を出した美恵子を、忍は黙ってホテル・カルタヘーナに泊めた。それに対する、返礼のつもりもあった。

　五分足らずという時間は、忍に確認するためのものだったのだろう。そして忍は、神前亭にも、ある影響力は持っているのだった。

　カートが着いたのは、神前川のそばだった。本館からは、かなり離れている。

　部屋には、初老のメイドがひとり付いていて、すでに用意はできあがっていた。

　居間と寝室と客間。それに茶室まで付いている。全部歩くのが大変だった。

「お風呂は、いかがいたしますか？」

「いつでも入れるようにしてくれていればいい。それから、白石さんを呼んでくれないかな」

「かしこまりました」

　私は、居間の方で待っていた。

　待ったのは、やはり五分ぐらいのものだった。客間の襖を開け、白石という男は正座していた。スーツ姿だ。顔に、幅広のテープを張っている。痣は、そのテープからもはみ出していた。

「この間は、どうも」

「なんでございましょうか？」

「会って、お世話になったような気がした」

「いえ、お目にかかってはおりません」

私が、顔に印をつけておいた男も神前亭の中では紳士的だった。あとの二人のチンピラは、『かもめ』というクラブのボーイだった。

新井は、情報としてそれを教えてきたが、市来の潜んでいそうな場所は、まだ掴んでいなかった。

「あの時と、情況が変ってね」

「はあ」

「俺は、この街でしばらくのんびりすることに決めた。ここが一番居心地がよさそうに思えたんでね。しばらく泊まろうって気になった。挨拶はしておいた方がいいと思って」

「どういうことか、わかりかねますが、お客様にはできるかぎりの御奉仕をさせていただきます」

「部屋の出入りは、自由だね」

「はい。何時であろうと、御自由でございます。メイドは、二十四時間、交替で待機しております。そのほか、お気になされていることがございましたら、メイドが心得ていると思います。私どもを、呼んでいただいても結構でございます」

完璧な、ホテルマンだった。

「じゃ、また」

白石は、両手をついてお辞儀をし、襖を閉めた。

外は、ようやく陽が落ちようとしていた。

私は、ホテル・カルタヘーナの美恵子に電話を入れた。

「夕めしは？」

「一緒に食べてくれるってわけね」

「須佐亭という、イタリア料理店がある。そこで、六時に会おう」

「わかったわ」

五年で、美恵子はどこか変っていた。どういうふうに変ったのか、はっきりは言えない。華やかな匂いを持っていたし、刹那的な感じのするもの言いもした。

そういうことではなく、大きく変っているところがある。つまり、違う人間になっている、という感じがあるのだ。

風呂は、銭湯ではないかと思えるほど、大きかった。私はそこに、十分ほど大の字になって躰を浮かべていた。頭を洗い、髭を当たり、出るとバスローブ姿で爪をきれいに切り揃えた。

革ジャンパーで外へ出ると、すでにカートは用意されていた。本館の玄関には、赤いジープ・チェロキーが待っていた。

須佐亭は、繁華街の端にあった。

美恵子は、先に来ていた。イタリー製らしい服を、粋に着こなしている。金持のいい女という雰囲気を、店内に撒き散らしているように見えた。

註文の仕方も、堂に入ったものだ。五年前までは、三鷹の家で食事を作っている、平凡な主婦だったはずだ。市来が引退した代りに、夜の世界にデビューしたのではないか、と思わせるほどだった。

「すべて難しいって、どういうことよ」

「親父は、プロだよ。まだ一流のプロだね」

「六十五よ」

「それでも、プロさ」

街で起きたことなら、すべてに目が届いている忍や、波崎や、若月も、六十五歳の殺し屋が、もう十日もこの街にいたのだということに、気づいてもいなかった。

久納義正の名を連発したとはいえ、私も彼らに正体を見抜かれたと言っていい。

「あの人、仕事を済ませてしまうまで、出てこないってこと?」

「親父がその気になったら、誰が捜しても見つからないという気がする」

テーブルに両肘をつき、指を組み、しかしそれが無作法になっていない、場馴れのようなものを、美恵子は感じさせた。

「あんたが、そう言うんなら、見つからないいんでしょうね」

「どうすればいいかだ」

「待つしかない、と思ってるの？」

「二カ月も、三カ月もかかる。親父の仕事のやり方が、昔と変ってないとしたらだ」

「そんなに、時間はかけないはずよ」

「どうして、そう言える」

「十二月のはじめから、あたしたち、パリに行くことになってるから」

「そんなことは」

「いままで、そういう約束を破ったことはないわ」

「親父さん、このところ外国へよく行くのかい？」

「知らなかったのね。仕事を引退したって宣言した時から、半年ロスに行ったの。二人でね。それからは、よく行くわ」

「半年も、ロスに。どこに、そんな金があった？」

「五億。それぐらいのお金が残ってた」

　信じられない話だった。私が思っているほど、博奕はやっていなかったということなのか。それとも、別の金儲けの算段もしていたということか。

「立派な家なんかは、必要ない。人生を愉しもうって二人で決めたわ。いいものを着て、いいものを食べて、好きなところへ旅行して。家は少々古くても、一戸建があるからいい」

「仕事を受けたってのは、その金が尽きたからじゃないのか?」

「充分に、お金は残ってる」

「金が必要だから、受けたわけじゃないと思ってるのか?」

「なにか、思い出したのね。去年膵臓のあたりの手術をして、三カ月入院したわ。そのころから、自分は死ぬと決めてしまっていたみたい、いま思うと」

前菜が運ばれてきた。

ワインも抜かれ、美恵子が馴れた仕草でテイスティングした。

「よう、色男の釣り師」

酔った声。群秋生だった。

テーブルのそばに立ち、私と美恵子を見較べ、にやりと笑った。酔っているのではなく、酔ったふりをしているのだということが、私にはわかった。

「お似合いのカップルだが、山南、おまえはもっと着るものに金を使え。ベルサーチのスーツに、フェレのブルゾン。靴もいろいろ揃えるんだよ」

群は、毛玉の出たセーターを着て、アスコットが後ろから飛び出していた。

「大変な金をかけておられる、こちらの御婦人は。ただ、有名なブランド過ぎるな」

美恵子は、口もとにかすかな笑みを浮かべ、黙っていた。眼は、群秋生のなにかを測っている。

「この間のクエの礼だ。食後酒に、特上のグラッパをあとで届けさせてくれ」

「そいつは、どうも」

「なに、おまえにじゃなく、そちらの御婦人に飲んでいただきたいのさ」

それだけ言い、私の肩を叩いて、群は自分の席に戻った。知らない男と一緒だった。

「あの方は？」

「小説家の、群秋生。この街に住んでいる。まあ、金持だな」

「品性までは、お金持になれないのね。名前は聞いたことがある。読んだことはないけど」

十九の時の美恵子は、原宿をうろついている不良だった。

男に媚を売りすぎる。それで私は、捨てたのだった。本人を前にしていると、昔のことも思い出されてくる。

「いつまで、待てばいい？」

前菜を口に運びながら、美恵子が言う。

「わからんよ」

「あんたが、片を付けてしまうのが、一番いいって気がする。それで、あの人は帰る気になるわ」

「無理だ。俺の稼業がなんだったのか、街のやつらにゃ割れちまってる」

「まさか」

「証拠とか証人とか、ここの連中は必要としない。ただ見抜くだけなんだ」

「信じられない」

「俺が、親父を捜せば、親父の存在が浮かびあがってくることになる」

「それは、なんとなくわかるけど」

この五年。市来と美恵子の二人は、どうやって生きてきたのか。

いい服を着て、うまいものを食って、という生活を市来ができるとは思えない。むしろ、そんなものから逃れたがる男だ。それとも、美恵子の色に染まってしまったのか。

「あんたしか、頼れる人間がいなかったんだから」

「俺にゃ、親父が仕事(ヤマ)を受けたってのが、いまだに信じられない」

「でも、受けたわ」

「そんなこと、昔ならあんたにもわからなかったと思う」

「歳よ」

「かもしれん。俺は、そう思いたくはないが。歳は、確かに歳さ」

「受けたのよ。そして、それがあたしにもわかってしまった。いやなことが、起きそうな気がするわ」

「よせよ」

「そんな気分が耐えられないから、あたしここまで来たのよ」

それ以上、話は進まなかった。

パスタが運ばれてきた。美恵子は、器用にフォークを使った。

私は、ワインをグラスの中で揺らした。赤い色が、かすかな香りを漂わせはじめる。

「待ってくれ。じっとしたまま」

「限度は、あるわ」

「あんたが騒ぐことは、親父を追いつめることにもなるんだ」

私は、美恵子のお守りをしているような気分になった。

皿には、まだスパゲティが残っている。メインまで、間があった。群が届けると言った食後酒は、どんな酒だろうとぼんやり考えていた。

## 24　湯船

美恵子をホテル・カルタヘーナへ送り届けたのは、十一時過ぎだった。『かもめ』というクラブで飲んだ。手に繃帯を巻いた男をひとり見つけたが、私たちには近づかないようにしていた。神前亭の白石に雇われただけだろう、と私は見当をつけた。明るい光の下で見ると、まだ子供だ。

美恵子は、酔ったふりをしていた。ほんとうに酔っていたのではない、と気づいたのは、ホテル・カルタヘーナの玄関を入った時だった。私を観察していたのか、周囲を観察していたのかは、わからなかった。

繁華街には戻らず、須佐街道をちょっと走って、『オカリナ』へ行った。三人の客を相手に、悦子は大声で喋っていた。私が入っていくと、黙ってボトルと氷を出した。私は、自分でオン・ザ・ロックを作った。客は街の人間らしく、新しくできたスペイン料理店が話題になっていた。

私が二杯目を飲み干した時、三人が腰をあげた。ひとりがかなり酔ったらしく、支えられて出ていった。

「あんた、追っかけてきた女ってのは、どうしたの？」

「ホテルさ。さっきまで、『かもめ』で飲んでた」

「あの店ねえ」

「高級な造りだったが、それほど高級とも思えなかったな」

「まあね。女の子に躰を売らせているようじゃね」

「そんな感じは、確かにあったよ」

「まあ、ただ飲む客に、ぼるようなことはないよ。ショーも、まあまあのが入ってるようだし」

「この街にも、やくざはいるんだな」

「近代やくざだよ。賭場も開いてないし。もっとも、ホテル・カルタヘーナの一室が、カジノになってるって噂があって、博奕をやりたい客は、そっちへ集まるみたいだけどね。うまく商売してるよ、芳林会は」

「芳林会というのか」

「事務所はちっちゃなもんで、本部はS市にあるね。だけど、本部よりずっと大きくなっちまってるよ。肩で風切って歩くチンピラなんか何人もいないけど、優秀なのが揃ってるって噂だよ」

「やくざのいる街、とは思えないもんな」

「ちゃんとした店を経営するのと、高級売春だろうね。あたしは、詳しいわけじゃないけど」

「一杯、やるかい?」

水村とここで飲んだのは、昨夜のほぼ同じ時間だった。この店へ誘ったのは、水村だった。茄子をうまいと言った。それが、妙にはっきりと思い浮かんでくる。

「今夜は、これからどこかへ行くの?」

「いや、ホテルで寝ようと思ってる」

「夜中は眠ってる。そういう街だよ、ここは。眠り損ねたやつが、時々うちにも飲みに来るけどね」

オン・ザ・ロックを作り、悦子はちょっとグラスを翳(かざ)す仕草をして、口に運んだ。

「水村、よく来るのかい？」

「時々だね。あたしがここで店を開いたんで、重ちゃんもこの街で飲むようになったんだよ」

「暗い男だ」

「はじめから暗い男なんて、どこにもいやしないよ」

暗くなる、なにかがあったということだろう。拳法を遣(つか)うのを見たことはないが、相当の腕だ。本職の船乗りだった、という話も聞いた。

「あの男、なにか弱味があるのかな？」

「ないね。全部捨てた男に、弱味なんかないよ。強いて言えば、姫島のお爺ちゃんだ。生きるって約束を、あのお爺ちゃんとしたわけだから」

「死のうとしてたのか？」

「自殺じゃないけどね。命を棒に振ろうとはしてたわ」

「俺は、あの男が嫌いじゃない。みんな嫌ってるみたいだが」

「波崎も若月も、重ちゃんに勝てないから、そう言ってるだけよ。認め合ってるのに、顔を合わせても喧嘩みたいな喋り方しかできない。あたしなんか見てると、男ってこんなもんかと笑いたくなるけどね」

私は肩を竦めた。

水村という男がいるかぎり、私は姫島には行けない。ということは、いつか水村とはやり合わなければならない、ということだ。私は拳法であろうと刀であろうと銃であろうと、ナイフで立ちむかうしかなかった。殺す、ということになるかもしれない。

「姫島の爺さんを殺したいと思っている人間が、この街に何人いるだろう?」

「さあね。ゴルフ場を造りたがってるやつとか、植物園をもっと別のものにしようとか、いろいろ考えてるやつは、殺したいだろうね。お爺ちゃんの土地をなんとかしないかぎり、なにもできやしないんだから」

「忍さんも、その口かな」

「あの人は、ゴルフなんて嫌いさ。馬が好きだよ。障害をやらせてごらん。いまだって、オリンピック級の腕だよ」

「ふうん」

「馬も、持ってる。まだ薄暗いうちに、よく馬場を走らせてるって話だよ」

「いかにも、そんなことをやりそうな感じだよ。趣味はポロとかかな。この街は、欺瞞の塊だな。ほんとうのことが、まるでないような気がするよ。みんな嘘で、ある日、突然消えちまってもおかしくない」

「もう帰りな、山南ちゃん。あんた、めずらしく酔ってるよ」

「そうかな」

注ぎ足しながら飲んでいたので、どれぐらいの量を飲んだか、よくわからない。どれだけ飲もうと、酔うはずはなかった。

「一曲、吹いてあげる」

悦子が、背後の酒棚のオカリナを握った。静かな旋律が流れはじめる。どこか、心を鎮めるような音だ。単純で、しかし複雑な音だった。

「それ、『ダニー・ボーイ』という曲だよな」

「まあね、同じようなもんか。『ロンドンデリーの唄』というのがほんとなんだけど」

「いいね」

「子守唄になったろう。もう帰んな」

「ありがとうよ」

言って、私は腰をあげた。ふり返らず、私はドアを開けて外へ出た。

神前亭まで、ジープ・チェロキーで戻った。玄関にはポーターが待っていて、車を駐車場に回した。私はカートに乗り替え、自分の部屋まで行った。ところどころに、ガードマンがいるようだ。

メイドは起きていて、すぐに風呂の仕度をはじめた。寝室の仕度は、すでに整っている。私は、窓際の椅子に腰を降ろし、ところどころライティングされた庭に、ぼんやりと眼をやっていた。

電話が鳴った。

「どこかで、飲んでたってわけ?」

美恵子だった。

「二人きりで飲むってのは、苦手でね。気が重くなるだけだった」

「どんなふうに、気が重いのよ」

「わからんよ。しかし考えると、なんとなく気が重いんだ」

姫島の爺さんを、自分で倒すことを考えると気が重い。それは言わなかった。言わなくても、美恵子はわかっているはずだ。

「ねえ、そっちのホテルに行ってもいい?」

「どういう意味だ?」

「いろいろ、話合っておいた方がいいと思って」

美恵子も、交換台での盗聴の可能性は考えているのだろう。ホテル・カルタヘーナと神前亭の、二カ所で盗聴されていることも考えられる。

「もう眠りたい、今夜は」

「電話して訊くだけ、あたしは慎ましい女になったと思ってね」

「電話がなけりゃ、もっと慎ましいと思っただろうさ」

「思い切って欲しいのよ、あなたに」

あんたも、あなたになっていた。

「その気になってよ。あたしは、そのためにこの街へ来たようなものだから」

姫島の爺さんを、なんとしても私に殺させようとしているのか。市来のことを考えるなら、それも当然かもしれない。しかし、それだけなのか。

美恵子に贅沢な生活をさせるだけの金を、市来がどうして持っていたのか、ということを、私はまた考えはじめた。私と別れてから、仕事(ヤマ)を踏んだのか。ひとりで、市来は仕事をこなしてきたのか。

殺し屋と言っても、誰にでも雇われる人間ではなかった。一回の仕事(ヤマ)も、三千万は取るのだ。三十万や四十万で、チンピラが殺しを引き受けるのとは、わけが違う。どこをどう叩いても、尻尾(しっぽ)などは摑まれない。だから、雇う方も安心できるのだ。

「ねえ、迷う気持はわかるけど、決心してよ。ここまできたら、それが一番いいと思う」

「君にとって、一番いいということだろう」

「あなたにとっては？」

「考えさせてくれよ。考える時間が、俺には必要だ」

「いつまで？」

「明日、一日でいい」

「わかったわ。今夜は、大人しく眠ることにする」

おやすみ、という声で電話は切れた。

私は、しばらく暗い庭に眼をやっていた。風呂の仕度ができたと、メイドが知らせに来た。

「明日は、眠りたい時間まで眠っていたい。電話は繋いでくれていいが、それ以外のことは全部シャットアウトだ。そういうことにしてくれ」

メイドが、頭を下げた。

私は広い湯船に入り、全身の力を抜いて躰を浮かせた。

## 25　素顔

午前十時に眼醒めた。

十一時まで寝床の中にいて、それから起き出すと、十二時まで躰を動かした。筋力運動はできるぐらいの庭が、ベランダの前に付いている。

十二時に部屋に入ると、掃除は終り、風呂の仕度ができていた。

一時間かけて、風呂に入った。髪を洗い、髭もきれいに当たった。

遅い昼食をとった。部屋にメニューがあり、大抵のものは註文できるようだ。

部屋から動かなかった。どこで久納義正を襲えるのか、私は真剣に考えはじめていた。

姫島かS市か。どう考えても、姫島は適当な場所ではない。標的の姿さえ、見ることはできないのだ。島内が、どうなっているかもわからなかった。撤収の問題もある。

S市ならば、久納義正は姿を晒している。時期がはっきりしないだけで、食堂に昼食に来たりもするのだ。ただ、私はまだ、久納義正を一度も見ていなかった。写真もない。顔を確認するところから、はじめなければならない。

一度、仕事のことを考えはじめると、久納義正がどういう人物かも、まったく気にならなくなった。理由も考えない。仕事。理由があるとすれば、それだけだ。

私が知り得た情報で、久納の行動を測るのは難しかった。ほとんど情報はないに等しく、あるのは私が殺し屋だと気づいている人間たちから、教えられたことだけという状態だった。自分で情報を集める方法も、またない。

市来が、なぜ称徳寺にいたのか、私は考えはじめた。身を潜ませる場所としては適当でも、標的を観察する場所としてはどうなのか。久納家の墓が、称徳寺にあるわけでもない。

とりあえず、身を潜ませていただけとは、考えにくかった。久納義正が、この街に来ることはほとんどないということを、市来が調べていないはずはないのだ。

　称徳寺は神前川のむこう側で、隣接している馬場や植物園は、久納義正が所有しているはずである。しかし、そこに久納が現われるという話はなかった。

　墓参り、という言葉が浮かんだ。久納家の墓はなくても、関係ある人間の墓はかなりあるはずだ。須田の墓も、そうだった。もしかすると、称徳寺の墓のほとんどは、久納家に関係があるのかもしれない。

　しかしそれを、どうやって調べあげるのだ。調べあげたとして、どの墓に、いつ久納義正が参りにくるのだ。

　市来が、そのすべてを調べあげて、称徳寺にいたとは思えなかった。

勘かもしれない。攻めあぐんだ時、市来が最後に頼るのは、勘だ。それで標的（マト）と直接会えたことはないが、見えなかったものが見えてくることはあった。

だとすると、次に市来はどういう勘を働かせるのか。

　気づくと、外は薄暗くなりはじめていた。

　私は、スニーカーを履くと、神前亭のカート用の径（みち）を走った。その径からだと、どの離れもほとんど樹木に遮られて見えない。巧妙に造ってあるようだった。

　かなりの広さだった。カートで移動しなければならないというのが、よくわかる。方々に池があり、ボートが浮かんでいる池もある。客の数も、これではわからなかった。全身に汗が噴き出し、呼吸が苦しくなった。いつもやるトレーニングより、かなり速く走っている。時々、ダッシュも入れた。感覚と躰の動きがずれる。躰。思うように動くのが、ナイフを遣う最低の条件だった。そこで失敗するのだ。

この五年、思い立っては躰を動かしていたが、それも週に二度ぐらいのものだった。いずれ、仕事を受けることがある、という気持だったのだろうか。こうして走っていると、そうだったとしか思えなくなってくる。

私の離れの庭に戻ってくると、しばらく筋力運動をした。瞬発力は衰えていない。持続力は、だいぶ落ちているだろう。

筋力運動の間に、呼吸は楽になってきた。もう、すっかり暗くなっている。冷えこみそうだった。

私は、服を脱いで風呂に入り、筋肉を入念に揉みほぐした。五年前と較べると、筋肉も落ちている。かわりに贅肉が付き、体重はいくらか増えているのだ。

豆乳とパンと野菜サラダを、夕食に頼んだ。減量しようというのではない。結果として減量になるが、飢えた状態の方が集中力が高くなる。感覚も鋭くなる。

粗末な夕食を終えると、私はすぐに寝床に入った。頭は、働かせ続けた。久納義正を自分でやる場合、まず第一になにをやるか。そこからはじめて、撤収まですべて組み立ててみる。

この街の人間で、私が殺し屋だと気づいている人間が、何人かいる。久納義正が死ねば、犯人としてまず私の名前があがるはずだ。それが、仕事としてはネックだった。ネックどころか、中止する材料としても充分過ぎる。しかし私は、中止はしないだろう。これは仕事であって、仕事ではない。

市来がやる場合のことを、次に考えた。仕事の前には、決して考えを錯綜させない。ひとつの事柄をあらゆる方向から検討し、それが終ると次に移る。いろいろなものを繋げるのは、そのあとのことだ。

躰を起こした。

十一時三十分を回ったところだった。躰を、少し動かした。夕食の時に運ばせていたウイスキーを、少量飲んだ。煙草は、喫わない。仕事をはじめたと思った時から、撤収が完了するまで、口にしない習慣だった。五年前までのことでも、躰が覚えている。

少量のウイスキーで、考えるという事柄から離れた。酔ってはいないが、考えるのをやめるためには、ウイスキーが必要なのだ。

それから、寝床に潜りこむ。

すぐに眠れそうだった。夢も、多分見ないだろう。

眼醒めたのは、七時だった。

私は、前庭で筋力運動をした。一時間続け、八時に風呂に入った。筋肉を揉みほぐす。

髭も当たった。ほとんどのびてはいないが、それも仕事(ヤマ)の前の習慣だった。

九時に、野菜サラダとパンと豆乳の朝食をとった。

電話が鳴ったのは、正午少し前だった。

「どうも、お久しぶりですな」

声で、新井だとわかった。やはり、交換台の盗聴を警戒しているようだ。

「昼めしでも、いかがですか？」

「いいですな」

「それじゃ、俺の方が出ますので」

私は、電話を切った。代りに携帯電話のスイッチを入れる。

ジーンズに革ジャンパーにスニーカーというスタイルで、ジープ・チェロキーに乗りこんだ。

十分ほど街の中を走り回った時、携帯にかかってきた。

「目立ちすぎねえか」

新井は、どこかで私を見たのだろう。

「尾行はない」

「わかった。信用しよう。俺は、別に危(やば)いわけじゃねえが、物(ぶつ)が絡んでるんで、慎重になってんのさ」

携帯電話の方が、その気になれば盗聴はしやすい。

「最初に、教えてくれた場所」

それだけ、私は言った。

「一時間、待つ気になってくれ。一時間以内に、なんとか行けると思う」

「俺は、危いわけじゃねえ」

新井の方が、電話を切った。

私は、須佐街道に出て、西へ走った。街を出、海沿いを突っ走る。漁村があるが、そこへは行かずにUターンした。一本道。引き返せば、追ってくる車とは出会う。

対向車はいたが、神経に触れてくる車はいなかった。

植物園の中の道へ出て、神前川まで走り、称徳寺の方へ曲がった。

山門の前に車を駐め、私は墓地の方へ歩いていった。尾行られてはいない。波崎がどれほどのテクニックで尾行てこようとしても、無理なはずだ。

「用心深いやつだな」

墓石が喋ったような気がした。腰を降ろしていたらしい新井が、立ちあがった。墓石のかげから、上体だけが出てくる。

「用心しすぎることはない」

「まあ、そりゃおまえの勝手さ。ところで、物はちゃんと持ってるだろうな」

「持ってる」

「減ってねえな？」

「あの時のままさ」

「わかった。ここにいたのと、同じ男だ。S市の旅館にいる。躰の具合が悪いとかで、籠りっ放しさ。俺は、ちょっと張ってみたが、顔は見れなかった」

「どうして、同じ男だとわかった？」

「そいつは、最初にそこに泊まったんだよ。そして、この街へ何度かやってきた。それからこの寺に入った。同じ男だそうだ。旅館のやつがそう言った」

「まともに、訊いたのかね？」

「まさか。病人がいるっていう、世間話を聞いただけでね。それだけだ。心配しなくても、S市でいろいろ情報をくれるやつはいる。間違いなく、この寺にいた男さ。そいつが、おまえが捜してる人間かどうかはわからねえが、そういうことだ。俺が張りこんで、怪しまれた方がよかったか？」

「いや、いいよ」

「物を」

私は、覚醒剤の袋を、全部新井に渡した。新井は、中身を確かめている。

「貰いすぎだと思ったら、またなにか情報をくれよ、新井さん」

「貰いすぎだな。だけど、わざわざ嗅ぎ回ることはしねえよ。自然に入った情報は、おまえに流すことにする」

「波崎なんかに、喋らないでくれ」

「これでも、信用はある。情報の二重売りはしねえからさ。あまり、馬鹿にしねえでくれよな」

「悪かった」

「いいさ。ただ、これからの情報は、入ってきたもんだけだ」

「その物で、せいぜい愉しんでくれ」

新井と、孫のような娘が絡み合っている姿を、私は一瞬想像した。

「こいつは、いいぜ。いままで使ってたのが、屁みてえに思える。七十を過ぎた俺が、二十そこその女房を骨抜きにしちまうんだ。そりゃもう、俺の上で泣き叫んで、大変な騒ぎだよ。俺は、二時間でも三時間でも、じっとして、下から眺めてるだけでよ」

「いままで、芳林会から仕入れてたのか？」

「まあそうだ。前に、芳林会のS市の本部が、覚醒剤でガタガタになったからな。あんまり派手に扱おうとはしやがらねえ。この街の支部は、ほとんど独立してるようなもんで、一切扱ってねえよ。いまじゃ、S市の本部は、支部に助けられて生き延びてるって感じでな。S市の方から、この街に挨拶に来たりしてやがる」

「芳林会は、この街の勢力のどこと組んでるんだい？」

「そりゃ、神前亭さ。ホテル・カルタヘーナの忍は、やくざを門から入れようとしねえからさ。神前亭は芳林会を利用しようとしてるが、芳林会も馬鹿じゃねえ。お互いの損得が一致した時だけ、動くんだろうな」

「姫島の爺さんの話は、知ってるか？」

「俺らにゃ、わからねえ。ひどく頑固だって話だが、この街に来たって噂も聞かねえしな。神前亭もホテル・カルタヘーナも、爺さんにゃ頭があがらねえらしい。姫島で、何十人もの若けえ女を侍らせてるんじゃねえか、と俺は睨んでる」

「なるほどな」

「もう行きな」

「俺に無料奉仕をしようって気になったら、携帯にかけてくれ。十一時から十二時。夕方の五時から六時。その間は、必ず繋がるようにしておく」

「物は、ほかにまだあるのか？」

「さあな」

「勿体ぶるな」

「ないよ」

「そうか。とにかく、これだけありゃ、一年は使える。その間に、いいもんを手に入れるようにすりゃいいんだな」

「電話、待ってる」

言って、私は片手をあげた。新井の姿が、墓石に隠れた。まるで墓から出てきて、墓に戻ったような感じだった。

私は、車を転がして植物園を抜け、群秋生の家に行った。攪乱する時期は、もう終った。

ジープ・チェロキーに乗っている理由は、なにもない。

ガレージの車を入れ替えていると、群秋生が出てきた。黄金丸が、ぴたりとそばに付いている。

「ジャガーにするか、マセラーティにするか、どっちかを動かせ」

「しばらくほかの車に乗っていたら、自分の車が恋しくなってきましてね。それに、ほかの車ばかりをかわいがってると、妬くんですよ、こいつ」

「ほう」

群が、私の顔を覗きこんでいた。

「また、仮面を一枚とったな、山南。いい顔になってるじゃないか。人間なんてのは、仮面の動物なんだ。意識もしないで、仮面をつけてる」

「仮面が、全部なくなっちまったら？」

「人間じゃなくなるな」

言って、群がにやりと笑った。

私は、ちょっと頭を下げた。マスタングのセルを回し、エンジンだけかける。

「人間じゃなくなった、と思うことも、仮面かもしれないんでしょう、先生の言い方では」

「まったくだ。仮面と思おうと思うまいと、人間の顔はすべて仮面だ。だから、仮面なんてなくて、その時その時の顔が、ほんとの顔だとも言える」

「なるほど」

「そう思えるまでに、時はかかるよ。そこそこ、つらい時だ」

私はもう一度頭を下げ、マスタングに乗りこんだ。

## 26 約束

駅の近くの有料駐車場に入れ、駅前のタクシーに乗った。

運転手は、旅館の名前を知らなかった。無線で会社に問い合わせ、やっとわかった。

大通りをしばらく走る間、久納義正のビルが見えていた。それが久納義正のビルだと知っている人間が、S市に何人いるのだろうか。人口三十万といえば、そこそこの地方都市で、久納一族で支配などできはしないだろう。久納一族を、知らない人間も沢山いるに違いない。

小さな道に入ると、ビルは見えなくなった。車は、それからいくつか路地を曲がり、古い建物の前で停った。小さな看板が出ていた。それはプラスチックでもなく、夜に電気がつくようにもなっていなかった。古さだけを感じさせる、くすんだ看板だ。

建物は、車一台が通れる道路ギリギリまで建っていて、裏庭もないようだった。ガラスの嵌めこまれた引戸の玄関も、建物と同じように古びていた。

誰もいないのを見計らって、私は玄関に入り、靴箱を覗いた。

市来の歩き方。癖があった。それは靴に出る。茶の、古びた靴があった。踵の減り方の癖以外、ほかに並んだ靴となんの区別もつかなかった。靴の中に、欅と書かれた札が入っている。欅の間ということだろう。

私はスニーカーを脱ぎ、目立たないようにきちんと揃えて、三和土の端に置いた。二階へあがる。襖一枚で、廊下と区切られているようだ。

欅の間。襖を開けた。蒲団が敷かれ、老人がひとり寝ていた。

「入りますよ、親父さん」

言って、私は部屋に入った。六畳ほどの広さで、床の間もなかった。

市来は横になっていた躰を、ゆっくりと天井にむけた。痩せている。想像したよりずっと歳もとっている。

「来たのか、おまえ」

「奥さんに言われましたんでね」

「そうか。美恵子がそう言ったのか」

「どういうつもりですか。仕事(ヤマ)を踏もうと考えてるみたいじゃないですか？」

「おかしいか、俺が仕事(ヤマ)踏んじゃ」

「引退して、何年経(た)ってるんですか。自分の歳を考えなきゃ。奥さんも心配して、俺に相談したんだと思います」

「おまえこそ、堅気の仕事をしてんじゃないのかい？」

「やめました。やめようと決心したばかりの時でしたよ、奥さんから電話を貰ったの。まさかと思いましたがね。この五年で、一体なにがあったんです」

「お喋りになったな、定。昔は、俺の顔を見て、訊いていいことと悪いことを、黙って見きわめたもんだ」

「いま、親父さんと一緒に、仕事(ヤマ)を踏んでるわけじゃねえです。この五年、顔も合わせちゃいなかったわけだし」

「仕事(ヤマ)を踏もうって顔をしてるぜ、おまえ」

「親父さんを、捜してましたからね。見つけるの、仕事(ヤマ)を踏むより大変でしたよ。まあ、今度の標的(マト)は、倒すのが難しいでしょうが。島とビルの屋上の往復じゃ、俺らのやり方じゃどうしようもない」

「標的のことも、美恵子から聞いたんか？」

「やっぱり、老いぼれたと思いましたよ。女房に、標的の名前まで知られちまうようじゃね。俺も、仕事の直前まで教えられなかったってのに」

私は、蒲団のそばに座りこんでいた。表情こそ疲れきっているが、眼の力は衰えていない、と私は思った。仕事を踏む時、市来は実に不思議な眼をしていた。穏やかな、人生を降りてしまったような眼だが、長く一緒にいると、その穏やかさの奥に、底知れぬ力が湛えられているのがわかるのだった。穏やかさに隠されているだけに、それは不気味でさえあった。

「おまえ、仕事を踏む気になってる。見てすぐに、俺にはわかった」

市来の眼も、仕事を踏む眼だった。昔と同じような眼をしながら、昔と同じことができない。そういうこともあるのだろうか。

「俺は、昔と変ってねえぞ」

こちらの気持を見透したように、市来が言った。確かに、仕事にかかってからの市来は、昔と同じだ。決して、姿を目立たせない。周囲にも、いつも注意している。だから、称徳寺からも、すぐに姿を消した。すべてを見通しそうなあの街の連中も、市来のことには気づいてさえいない。

なのになぜ、美恵子は仕事のことを知っているのか。

市来が老いぼれたからだろう、と簡単に考えていたが、そうでもないかもしれない。

「おまえ、俺の代りに仕事を踏もうと思ったのか？」

「親父さんが、見つからない場合は」

「見つかっちまったな。よく見つけたもんだよ」

「称徳寺にいる時から、躰の具合は悪かったんですか？」

「そこまで、知ってるのか。いやなのが二人、俺を見張りはじめてな」

「それは、俺が片付けておきましたよ」

「そうか、いなくなったか」

「親父さんが久納義正を狙ってることを、知ってましたよ」

市来は、なにも言わず天井を見つめていた。頬は削げている。眼の光だけが強かった。

「おかしいと思いましたよ、俺は。女房が知ってるだけじゃなく、ほかのやつまで知ってる。昔の親父さんなら、こんな仕事は踏まない、と思うじゃないですか」

「そうか、知ってたか」

「やつらも、久納義正を狙ってました」

「俺の腕が、落ちるところまで落ちた、とおまえは考えたわけだ」

「ところが、どうもそれも違う。あの街はおかしなところで、鋭いのが何人もいます。俺の昔の稼業を、言い当てるんです。例の二人も、俺がやらなきゃ別のやつが片付けたでしょう」

「おまえは、片付けられなかったようだな」

「俺が、仕事（ヤマ）を踏みに来たわけではないらしいと、なぜかわかってしまって。なにをしに来たんだ、というのが連中の最大の関心だったようです」

「なるほどな」

「親父さんが称徳寺にいたことさえ、連中は気づいていない。街に入ったことも知らない。つまり、気づかせないようにしてた。親父さんの腕は、落ちてないですよ」

「あの二人は、知ってたか」

「もうひとり、腕利きを雇ってある、と依頼人が言ってたそうです」

「そうか」

「おかしいですよね。そういう仕事（ヤマ）なら、親父さんは踏まないですよね」

「二人に見張られた時、俺も焼きが回ったもんだと思ったが」

市来が眼を閉じた。眼の光がなくなると、はっとするほど老いぼれだった。私は横をむいた。窓から午後の光が射（さ）しこんでいて、畳と蒲団の一部が浮きあがって見えた。

「三鷹へ、帰ってくださいよ、親父さん」

「連れ戻してこいと、美恵子に頼まれたか」

「奥さんも、こっちへ来てます」

　市来が、眼を開いた。

「そうか」

「電話して、知らせますよ。すぐここに来てくれます」

「待ちな、定」

「待てませんよ。代りに俺が仕事(ヤマ)を踏めって、せっつかれてるんですからね。それも、しなくて済みましたけど」

「とにかく、美恵子を呼ぶのは待て」

「理由を、説明してくださいよ」

「会いたくねえんだ」

「そんなの、理由になりませんよ。第一、親父さんは病気だし」

「おまえが言った通り、俺は仕事(ヤマ)を踏もうとしてる。それが終るまで、誰にも会いたくねえんだよ」

「その仕事(ヤマ)は、無理じゃないんですか。親父さんのやり方を、俺は誰より知ってます。降りるケースですよ、これは。昔の親父さんなら、間違いなくそうしてます」

「昔、ならな」

「この五年で、新しいやり方でも身につけたと言うんですか。俺は、信じませんよ。長いことやってきたやり方を、急に変えたりできるわけがない。特に、俺らの稼業じゃそうじゃないですか」

「変るんだ、人間ってやつはよ」

「歳をとって、躰が弱くなった。多分、気も弱くなった。そんなふうに変ったんです」

「あと三日ばかり、俺を放っておいちゃくれねえか」

市来が、また眼を閉じた。私は、横をむいた。老け方が、無残なほどだった。

「ほんとは、奥さんが看病した方がいい。それがいやなら、先に三鷹へ帰って貰いますよ。俺が親父さんを看病して、起きられるようになったら、連れて帰ります」

「美恵子に、なにも言うな。おまえも、もうここには近づくな」

「そんなわけにゃいきませんね。親父さんは、仕事を踏みそうな眼をしてる」

「実際、踏もうとしてるさ。受けた仕事なんだからな。ただ、この躰じゃ、頭で踏んでみるだけのことよ」

「頭？」

「標的が、俺が思った通りの動き方をする。俺が考えた場所で、狙える。それを、はっきりさせてえんだ。それだけのことよ。だから、頭ん中だけのことさ」

想定通りに久納を倒せれば、いいというわけではないらしい。倒せるということがわかれば、満足ということなのか。

「俺は、この稼業だけで生きてきた。その俺が、どこも錆(さ)びちゃいねえってことを、確かめたいのよ。それができりゃ、どこにでもいる老いぼれになれる、と思うんだな」

「しかし」

「なあ、定。俺が、おまえに頭を下げて、なにか頼んだことはあったか？」

「そりゃ、俺はいつも親父さんに命令される立場でしたし」

「頼むよ。そっとしといてくんな。俺の考えじゃ、三日後に標的(マト)は動く」

「三日後」

「それだけを、確かめてえんだ。それができりゃ、安心なんだ。俺を、助けると思ってくんねえか、定」

「助けますよ、俺は。親父さんになにかありゃ、助けます」

「いまは、放っておくことが、俺を助けるってことなんだ。そういうことだよ、定」

私は腕を組んだ。市来の眼が死んでいないのは、そういうことを考えているからなのか、とも思った。この躰で、仕事(ヤマ)を実際に踏めるとは思えない。

「親父さん、どこが悪いんですか？」

「わからねえ」

市来が、寝返りを打った。それは弱々しく、呼吸は乱れたように思えた。

「称徳寺にいた時から、時々ひどく気分が悪くなった。いや、ほんとは東京にいるころからだな。動けば直ると思ってたが、そんなに簡単でもねえな。ただ、じっとしてると、それほどひどくねえ。俺は、仕事(ヤマ)を諦(あきら)めたから、称徳寺からここへ移ったんだ」

「二人に、見張られたからでしょう」

「撒(ま)く手はあった。ただ、動くのは面倒になった。それで、ここへ戻ってきた」

　実際、二人を撒いてはいたのだ。二人は、市来が消えたことしか知らなかった。

「俺はな、定。このまま引き揚げたんじゃ、てめえが駄目になるような気がする。大丈夫だったんだ。頭は、どこも衰えてなかったんだ。三鷹に戻るにしたって、そう確かめられることは、大きいって気がする」

　わかるような気もした。引退したと言っても、市来にはこの稼業しかなかった。老いても、拠(よ)りどころになるものが欲しい、と市来は考えたに違いなかった。

「ひとつ、訊いてもいいですか？」

「なんだ？」

「俺と別れて五年ですが、その間に仕事(ヤマ)を踏んだことは？」

「ねえよ。あるわけねえだろう」

「じゃ、どうして今度は受けたんです」

「一度、俺のところへ持ちこまれた仕事(ヤマ)だった。七年前だったかな。難しいと判断して、俺は受けなかった。ほんとは、その時、気持は動いてた。ただ、どう考えても難しかった。

それがまた、持ちこまれてきた」

「七年前ですか」

受けていれば、実際に動いたのは自分だったろう。しかし、市来は難しいと判断したのだ。

気持は動いていた、と市来は言った。七年経つと、変ったこともいろいろあるだろう。七年前より、仕事（ヤマ）をこなしやすくなった、とは思えない。それでも、挑戦をしてみたくなった。

「やり残した仕事（ヤマ）を、ひとつひとつ思い出しては、いろいろ考える五年だったよ」

「そうですか」

「やり残した仕事（ヤマ）に、また巡り合う。そんなことは、二度とねえだろうな」

頭の中に描いている、自分の仕事（ヤマ）を見届けたい。気持はわからないわけではなかった。最後の仕事（ヤマ）は、すでに見果てぬ夢なのだ。

「久納義正は、どこに出てくるんですか？」

「言えねえよ、それは。そうだろうが。おまえは、それを聞いて、どうしようってんだ？」

「ただ、訊いただけですよ」

「煙草、やめてるんだな、定」

「この五年、喫（す）ってないですよ」

「いいや、おまえはやめたばかりだ。服や髪からは、煙草が匂ってら。病人ってのは、そんなとこにゃ敏感でな」

市来が笑った。それは笑ったようには見えず、なにか苦痛でも訴えているような感じだった。私は、また横をむいた。

「とにかく、三日、俺をそっとしておいてくんな。頼むよ。起きられりゃ、頭を下げる」

「じゃ、医者だけ」

「それも、三日経ってからだ。東京に戻ったら、入院してもいい。俺はまだ六十五で、美恵子は色気たっぷりだ。死にたくはねえ。それ以上に、生きたまま死にたくねえ。わかるか、定。ここで、なにも見届けずに帰っちまうってのは、生きたまま死ぬことなんだよ」

一瞬。引金を引く一瞬。それが見定められたら、市来は満足するのだろうか。三日という時間が、長いのか短いのか、私にはよくわからなかった。

「美恵子には、なにも言うな。俺を病院に担ぎこませるのは、三日後でいい。おまえも、なにもするな。俺は、俺だけで確かめたい。約束してくれるな？」

「わかりました」

市来が、約束という言葉を口にすることなど、ほとんどなかった。そばにいた間、二度、約束という言葉を聞いた。

そしてそれは、なにがあろうと守ろうとしていた。

市来は、眼を閉じていた。

私は頭を下げ、部屋を出た。

「市山さんの、お連れの方ですか？」

玄関で、宿の主人らしい中年男に声をかけられた。曖昧（あいまい）に、私は頷（うなず）いた。

「お金は、たっぷり払って貰ってるからいいんですが」

主人は、病人を抱えていることに戸惑っているようだった。

「あと三日、お願いします。それで、本人がやっていた仕事は片が付きますから」

「三日、ですか」

「状態は、どうなんです？」

「なにも、食べられないらしいです。点滴でも受けた方がいい、とあたしは思いますが」

「まったく、口にしないということは、ないんでしょう？」

「朝食だけですよ。お粥（かゆ）をちょっと」

「三日です」

頷きながら言い、私はスニーカーに足を突っこんだ。

## 27　夜

若月が、姿を現わした。

永井牧子を連れている。悦子が、牧子にちょっと笑いかけた。

私は、黙ってオン・ザ・ロックを飲んでいた。牧子が悦子と喋りはじめると、若月はスツールをひとつずれて、私と肩を寄せ合うような座り方をした。

「いい女が、捜し回ってた。ジープ・チェロキーは、もう群秋生の家のガレージだと、よほど教えてやろうかと思ったぜ」

私は、若月の方を見なかった。

「おまえを捜し回ってたが、そうでもないようにも見えた」

「言いたいことは、はっきり言え、ソルティ」

「胡散臭すぎる。おまえも、女もだ」

「それだけか？」

「人の女房がおまえを追ってきたんだろう。なんというか、もうちょっと人眼を憚るところがあってもいい、と俺は思ったね。しかも、あの女、いやな匂いがする」

「どういう？」

私は、美恵子の変化に戸惑い、驚いただけだった。若月が嗅ぎつけたいやな匂いとは、なんなのか。私には、それを感じる余裕がなかったのか。

「俺は、あまり口を出す気はねえよ。手もな。この件に関しちゃ、波崎が忍さんに言われてやってるんだ」

「じゃ、黙って飲んでろ」

「そうだよな。つべこべ喋くっても、はじまらねえ。だけど、また気になることが起きた。おかしなのが、五人ばかり街に入ったんだ。ホテルに落ち着いちゃいるが、どうもほかの客と異質でね」

「ホテル・カルタヘーナ？」

「まさか。忍さんが入れやしねえよ。東の岩場のそばの、小さなホテルだ」

「いやな街だ、まったく。客ひとりひとりに、そうやってチェックを入れてるとしか思えないぜ」

「この街は、ひどく塩分の多い海みてえなもんでさ。重しを持ってないやつってのは、浮かびあがってくるから、すぐわかる」

「ほう、重しね」

「くだらねえが、重しさ。社会って重しだよ。はずれたやつだけ、それを持ってねえ。おまえも、あの女もさ」

「力ずくで、追い返してくれ」

「寝たんだろうが。波崎には、おまえの肉体的特徴を、かなり露骨に言って、捜索を依頼したらしいぜ」

「でたらめさ。妄想癖がある。病気ってやつだ」

悦子が、オカリナを吹きはじめた。聴いたことのない曲だった。牧子が、眼を閉じてじっと聴き入っている。私も若月も、口を噤んだ。

「いいね」

曲が終って、最初に言葉を出したのは若月だった。牧子が指さきで目頭を押さえた。ロンドンデリーの唄を、私は思い出していた。それをやってくれとは、言えなかった。

「ソルティも、もっと牧子を大事にしなきゃ、いずれ逃げられるね」

「俺が、こいつから逃げたいんだ」

「まあ、お互いに本気で、なにか起きるかもしれない二人だよ。あたしみたいに、なって欲しいとは思わないけど」

若月も牧子も、なにも言わなかった。

「飲むか？」

私が言うと、悦子が笑って頷いた。グラスに氷を放りこむ音が、やけに澄んで聞えた。若月が煙草に火をつけ、私の方を見た。さすがに、私が一本も口にしていないことは、気づいているようだ。

しばらく、他愛ない話が続いた。

ドアが開き、波崎が入ってきた。今日一日、私はポルシェを眼にしていなかった。

「チェロキーを、またマスタングに乗り換えたのか。なんに乗ってようとおまえの勝手だが、チェロキーでオフ・ロードに入られると、ポルシェじゃ追えないと思ってた」

波崎が腰を降ろすと、悦子は黙ってビールを出した。この店ではビール、と決めているらしい。

「五人組が、部屋から出てこない」

ビールの泡に息をかけながら、波崎が言った。

「ホテルからじゃなく、部屋からだ」

「だから？」

「それだけの話さ。だけど、匂う。ひどくいやな匂いだ」

「俺と、どっちがいやな匂いがする」

「同じような匂いかな」

波崎も、煙草に火をつけた。

「溜(たま)りに溜ったものが、弾(はじ)ける。いずれ、そうなる。溜ったものが多けりゃ、弾ける力もそれだけ大きい」

「空気を抜くのが、おまえの仕事じゃないのか、波崎」

「確かにな。ただ抜き方にもいろいろある。破裂寸前の風船に、針を突き立てる。そんなのが、俺の趣味でね。ソルティなんか、そういうやり方を嫌ってるが」

「死人が出る」

若月が、グラスを呷りながら言った。

「膿も、出るかもしれん」

「この街の膿が、そんな単純なものだとは思うなよ、波崎。何十年も、何百年もかけて化膿したんだ。ちょっとぐらいのショック療法じゃ、死人がひとりか二人出るだけだぜ」

「膿を出せない、とおまえや忍さんは決めてかかってる。おまえらも、膿の一部だからさ。俺は、よそからここへ来た。だから、膿の出そうな口もいくつか見える。群先生なんか、もっと見てるだろう」

「もういい、波崎。とにかく、死人はごめんだ。俺は、そう思うようになった」

「おまえも俺も、死人になる可能性は高いんだ。違うか、ソルティ?」

「まったくだ」

「山南が羨ましいな。死んでも、翌日にゃみんな忘れてる。つまり、ほんとに死ねるってわけだ」

私は、ただオン・ザ・ロックを舐めていた。いくら煙草の煙が流れてきても、喫いたいとは思わなかった。

まだ、仕事を踏む気でいるのか。三日だけ、待てばいいのではないのか。

三日が、ただの三日にはならない、という予感のようなものがある。しかし、市来になにができるのか。新しく来たという五人組が、なにかやるというのか。それに、私が関(かかわ)っていかなければならないのか。

「俺は、これで」

言って、私は腰をあげた。当然のことだが、誰も止めようとはしなかった。

私は『オカリナ』を出て、中央広場のそばの駐車場まで歩いた。

マスタングのそばに、メルセデスがうずくまっている。ルームランプがつき、運転席にいる美恵子の姿が見えた。

私は肩を竦(すく)め、メルセデスの助手席に乗りこんだ。

「どこへ行ってたの、今日は？」

「散歩さ」

「決心、ついた？」

「なんの？」

「あんたが、うちの人の代りに、久納義正を消す。それぐらいのこと、やってもいいんじゃない？」

「俺も、五年のブランクがある。しかも、経験した中では、最も難しい標的(マト)だと言ってもいい。簡単に言わないでくれ」

「あんたがやる以外に、うちの人を見つけ出す方法はないわよ」

「それもいいって気がしてきた。仕事(ヤマ)を踏みながら果てる。それも親父さんらしい」

「あたしは、どうなるのよ」

「生きていけるさ。老いぼれた親父さんと一緒にいるより、ずっといいかもしれん。俺も、老いぼれた親父さんは見たくない」

「冷たいことを、平気で言うのね。あたしを捨てた時も、そうだった」

「大昔のことだろう、おい」

「女は、あんなことは忘れないものよ」

市来は、知っているだろうか、とふと思った。五年前までは、知っているかどうか考えるより、三鷹の家に近づかないようにしていただけだった。

知っていたとしても、市来を裏切ったわけではないのだ。それは、わかる男だった。自分からはなにも言わなかったということに、いくらか後ろめたさがあるだけだ。

「一千万、出してもいいわ」

「ほう」

「あの人を見つけ出せるなら、それぐらい安いものよ」

市来を見つけ出すよりも、久納義正を殺したがっている、という感じがした。久納を殺せば市来は戻ってくるというのが、後から付けた理屈のようにさえ感じられる。

「この五年の間に、親父さんは何度仕事(ヤマ)を踏んだ?」

「さあ」

「知ってるはずだろう」

「知るわけないじゃない」

声は、押し殺したように低かった。仕事（ヤマ）を踏んでいない、とは言わなかった。

私は、メルセデスのドアを開けた。ルームランプが点（とも）り、美恵子の顔が闇（やみ）に浮かびあがった。横顔のきれいな女だった。鼻梁（びりょう）の線が、ちょっと反った感じで、それが日本人離れしていた。アメリカ人が、スキージャンプと呼ぶやつだ。横顔は、若いころとあまり変っていない。

「一千万よ、山南さん」

「金で動こうとは思わんよ。金のために、ここへ来たわけでもない」

「なに考えてるの？」

「なにも」

「本気で、うちの人のこと考えてる？」

「俺にとっちゃ、親父みたいな人さ」

私は車を降り、自分の車に戻ってエンジンをかけた。メルセデスが、先に発進していく。テイルランプが、闇の中で揺れていた。

私はしばらく、計器盤の青い光を眺めていた。一千万、と言った美恵子の声が、耳に残っている。妙に遠くから聞えてきた声だ、という気がした。

駐車場には、四台ほど車が置かれたままになっている。メインライトのスイッチを入れると、その中の一台だけが鮮やかに浮かびあがった。

## 28　老残

一日、私は神前亭にいた。

食事はパンと豆乳とサラダで、二時間おきに躰を激しく動かした。三十秒間は、一切呼吸をしない。それを、何度もくり返した。

全力で激しく動く時、人は呼吸をしない。百メートルを全力疾走する時も、ボクサーが連打する時も、そうだ。

夕方には、疲れ果てていた。

あまり深いことは考えなかった。躰を動かしていると、そうしていられる。風呂に入り、すぐにうとうととしはじめた。

夜半に、眼醒めた。

風が強い。樹木の枝が、戦いで音をたてている。私は闇の中で眼を開いていた。ぼんやりと、天井が見える。

若いころの市来の表情が、ふと浮かんできた。若いといっても、いまの私よりずっと年長だった。

あのころも、目立たない男だった。いつもジャンパーかくたびれた背広を着て、ネクタイなどは締めたことがない。鈍重そうに見えるが、いざという時の身のこなしは、はっとするほど鋭かった。

市来が、金のために人を殺す稼業を選んだのだ、と私は一度も考えたことがなかった。金を欲しがっているという感じは、どこにもなかったのだ。ひとつの仕事(ヤマ)で、かなりの大金を取っていたが、人が死ぬためにはそれなりの額が必要なのだ、と市来は考えていたようだった。どんなに金を積まれても、いやなものはいやと言ったはずだ。それがたやすい仕事(ヤマ)であっても、断ってきただろう。

仕事(ヤマ)を選ぶ時の市来には、なにか特別の基準があったようだ。あるいは、啓示のようなものがあったのかもしれない。殺すのではなく、死なせると考えているらしいことも私にはわかった。稼業だった。それは間違いないが、どこか儀式めいたところもあった。

美恵子と所帯を持ったのは、五十の時だ。それから五、六年、市来が変ったと私は思わなかった。変ったなと感じはじめたのは、五十代の後半をかなり過ぎてからだ。そのころから、市来は段取りを決めるだけで、実際に標的(マト)を倒すのは私がやるようになっていた。年齢のせいなのだ、と私は漠然と考えていたし、最後は自分が動くのが当たり前だとも思っていた。

市来は、私にはほとんどライフルを遣わせず、ナイフを遣わせた。ナイフは当然ながら標的に触れることができるところまで近づかなければならず、撤収もライフルの持つ距離の余裕がなかった。私のライフルの腕は、市来と変らないほどに上達していたはずだ。ナイフを遣わせたのには、まったく別の理由があるに違いない。

還暦で市来は引退り、私は家電販売会社の営業部の職に就いた。依頼人となんの接点もなかった私に、単独の仕事が舞いこんでくることも勿論なかった。

夢のような気がする。それも市来と組んで仕事を踏んでいた時期ではなく、冷蔵庫やテレビやクーラーなどを売っていたこの五年間がだ。

標的を狙い、どこかに息をひそめている。それがほんとうの自分だと思える、私の姿だった。

私は、眼を閉じた。

眠ろうと思った。風の音が、しばらく耳についていた。それから、いつの間にか眠りに落ちていた。

眼醒めると、私はトレーナーを着こみ、神前亭のカート用の径を走った。トレーナーとスニーカーは、新しくひと組買った。頼まなくても、汗にまみれた方はきれいに洗濯して畳んであった。

ひと汗かき、風呂に入り、朝食をとった。豆乳とパンとサラダ。わずかの間に、私の体重は落ちはじめていた。

なにも考えずに、躰を動かした。躰を動かしているかぎり、余計なことは考えない。

電話があったのは、十一時過ぎだった。

「この間のところで」

新井だった。わかったとだけ言って、私は電話を切った。

革ジャンパーとジーンズに着替えた。

玄関へ行くと、私のマスタングはすでに待っていた。乗りこみ、ポーターにお辞儀をされながら車を出した。

三十分ほど海沿いの道を走り、尾行がないことを確かめて、称徳寺の墓地へ行った。

「いなくなったぜ」

やはり、墓石が喋ったような感じがした。新井が姿を現わす。思ったよりずっとそばにいた。

「おまえが捜してた男、あの旅館からいなくなったよ。きのうの午(ひる)ごろだそうだ」

「そうか」

どこかで、予感していたという気がする。約束を破られた、という思いも同時にあった。

私は、墓石の端に腰を降ろした。新井が、近づいてきて私の前に立った。

「もうひとつ、情報がある。このあたりの海岸にゃ、点々と漁師が住んでる村がある。大抵は、小さな波止場を持ってる。その村のひとつで、小舟が盗まれた。船外機の付いた、小さなやつさ」

「どこの村だ？」

「S市よりも、もっと東へ行ったところかな。沖にむかっていく小舟を、村の何人かが見ている。戻っちゃこなかったそうだ」

「それが？」

「おまえが捜してた男かどうかは、わからねえよ。年寄りだったたって、波止場にいたガキは言ってるらしい。ひとりだけで、沖にむかって行ったたってよ」

「沖に、なにがある？」

「なにも。なんにもねえ。ただ、東から西への潮流がある。燃料はすぐなくなるだろうし、沈まねえかぎり、その潮流で西へ流されるな」

姫島の位置を、私は思い浮かべた。沖の瀬。そこまでは流れていくということだろう。そこでぶつかった潮流で、その先はどこへむかうかわからない。小舟なら、沖の瀬の荒れた波に耐えきれないかもしれない。

「きのうの、午ごろか」

丸一日経っていた。すでに、どうにかなってはいるだろう。

「ありがとうよ。ただ、もう礼をする物がないんだ」

「この間、貰いすぎた。俺は、ちょっとした情報を、サービスでくっつけただけだ。なにもいらねえよ」

私が頷くと、新井は墓地の奥の方へ歩いていった。

週末に入っていた。つまり市来は、S市ではなく姫島で、久納義正を狙おうとしているのか。しかし、どういう方法があるのか。撤収できる見通しは、立っているのか。

しばらくして、私は墓石から腰をあげた。

称徳寺を出て車に飛びこみ、須佐街道まで突っ走った。左へ行って橋を渡り、海へむかえば、ヨットハーバーだった。ちょっと迷ったが、私は右へハンドルを切った。街を出ると、すぐ海沿いの道になった。

シガーライターの電源に接続した充電器の中で携帯電話がコール音を発した。

「どこにいるの、いま？」

「街の中さ」

美恵子の声は、無理に押し殺したような感じだった。

「きのう一日、どこにいたの？」

「ホテルの部屋に籠ってた」

「そう。捜したわ。何度も携帯に電話を入れたけど、通じなかった。ホテルにかけようって気になれなくて。部屋に籠ってるなんて思えなかったから」

「そりゃ、悪かった」

携帯は、午と夕方の一時間ずつ、ウェイティングの状態にしてあった。新井から連絡が入るかもしれないと思ったからだ。一度も、鳴っていない。新井からの連絡は、ホテルの電話にあった。

「この間の話、気が変ってはいない？」

「一千万か」

「あたしは、女として魅力がない方じゃないと思うわ」

「どういう意味だ？」

「躰をつけてもいい。あんたの知ってる女より、喜ばせ方は知ってると思う」

「それで、俺の女になろうってのかい？」

「誤解しないで。一度きりよ。うちの人のためだから」

「見くびられたもんだ、俺も親父も」

「なんとしても、うちの人を助けたいの。このまんまじゃ、仕事(ヤマ)にむかって突っ走っていく。そして、いやなことになりそうな気がするわ」

「男だぜ、親父は。ああ見えても、男さ。女房に躰を売るような真似(まね)をさせると思うか」

「そうね。だけど、あたしがそれだけ必死だってこと、わかってよ」

「それなら、ほんとうのことを言えよ。親父の仕事（ヤマ）を、なんであんたが知ってる？」

「だから、歳なのよ、あの人」

「そんなことはないさ。仕事（ヤマ）を踏むと決めてからは、昔のままだ。居所もわからないようにしてる。老いぼれてるとは思えないね」

「あたしが」

美恵子の声が、束（つか）の間途切れた。

「この五年、あたしがうちの人の仕事（ヤマ）の、マネージメントをしていたのよ」

ということは、この五年、市来は仕事（ヤマ）を踏み続けていたのか。しかもそれを、ひとりでやっていたのか。

「場合によっては、あんたのマネージメントをしてもいいわ。うちの人は、もう現役じゃもたなくなってるから」

「そういう親父に、なぜこんな仕事（ヤマ）をやらせてる」

「うちの人が、勝手に決めたのよ。難しいって、あたし断ったのに」

「信じられんな」

市来ひとりでは難しいと判断したので、私を引っ張り出した。それも、美恵子だけの考えかもしれない。

「山南さん、あたしは腕の立つ相手と組みたいのよ、ビジネスでね」

「躰付きのビジネスか。とにかく、俺は足を洗ってるんだ。そういう男に、ビジネスなんて持ちかけるなよ」

「年に、一億は稼げるわ」

市来は、金のためにやっていたのではない。だから私も、金にはこだわらなかった。市来から受け取った金も、つまらないことで使ってしまっている。できるだけ、つまらないことに使うようにもしてきた。

「金を、欲しいと思ったことはない」

言って、私は電話を切った。

走り続ける。

漁村が見えてきた。私は、前に雇った船頭の船が繋がれている場所の近くで、車を停めた。二隻、エンジンがかかっていて、それぞれに漁師には見えない男が乗っていた。二人の男は、じっと私に眼を注いでいる。

私は、干してある漁網でも見て歩くように、さりげなく歩いた。

船頭。三人に囲まれて、歩いてくる。もうひとり、船頭がいた。二隻を、男たちが借り出したらしい。

右側の男の腿を切る。とっさに、私はそう決めた。さりげない姿勢は、変えなかった。

「助けてくれ」

船頭が、私の方へ駆け寄ってこようとした。二人に止められる。私は走ったが、拳銃を携えたひとりに遮られた。その間に、二人の船頭は船に連れていかれた。

「収ってくれ、そんなもの」

言って、私は男に背をむけかけた。横をむいて立っていれば、拳銃で狙える部分は半分になる。

「消えろ」

男が低い声で言う。もう、船の舫いが解かれようとしていた。船の方から、男が呼ばれた。私は、背をむける恰好から、上体をひねり、右腕を鞭のように振った。距離はおよそ五メートル。投げたナイフが、男の肩に突き立っていた。次の瞬間、私は跳躍し、男の足もとに転がりこんだ。三度躰を回転させて、立った。男が、膝を抱えてのたうち回っている。アキレス腱は、きれいに切断されているはずだ。

船は、岸壁を離れはじめていた。いまさら走っても、間に合わない。同型の、色も似たような船に、船頭がひとりと男が二人ずつ乗っている。

私は、倒れている男の脇にかがみこみ、肩からナイフを抜いた。

大したプロではなかった。ただ、傷ついた仲間は捨てていくぐらいの、非情さは持ち合わせているらしい。

「早く消えないと、パトカーが来るぜ」

私は、男のズボンでナイフを拭い、立ちあがった。

街の方へ車をむけた。

突っ走りながら、携帯の番号をプッシュした。女の声が出て、すぐに若月に代った。

「頼みたいことがあるんだ、ソルティ。船を持っているよな」

「ムーン・トラベルは、週末は忙しい。野中も、いま海の上さ。荒れてても、とにかく船を出して、風を遮る場所がある湾に錨泊する。それでも、クルージング料金が取れるんでね」

「急いでる」

「ほう。波崎のポルシェが、さっきから走り回っているようだが」

「波崎が捜している連中は、姫島にむかったよ」

若月は、黙っていた。

「俺も、姫島へ行きたい。おまえのクルーザーなら、あの漁船は抜ける」

「おまえは、誰を捜している」

「親父だ」

「親父ねえ」

「血の繋がりはない。だから、親父みたいな人というのがいいと思うが。親父も、久納義正を狙ってる。どういう方法をとっているのかわからんが」

「おまえの親父は、間違いなく姫島にいるのか？」

「多分だ。確かじゃない」

「わかった。ハーバーへ来い」

電話が切れた。

私は車のスピードをあげた。

## 29　ゴム長靴

エンジンはかかっていた。

私がアフトデッキに飛びこむと、波崎がすぐに舫(もや)いを解いた。若月は、フライブリッジにいて、ポンツーンから船を離している。

「連中が、姫島にむかったのは確かか？」

ロープを巻きながら、波崎が言った。

「多分だ。俺を連れていった船頭の船ともう一隻だ。船頭は、無理に乗せられた」

「五人だな」

「四人。ひとりは、乗る前に俺が片付けた」

「ナイフを遣うらしいと、忍さんが言ってたが」

「拳銃も持ってるが、遣うのは逃げる時だけだ」

「おまえの親父みたいな男も、ナイフを遣うのか？」

「ロングライフル」

「いい歳だろう？」

「六十五だよ」

「つまり、みんなが姫島の爺さんを狙ってるってことか。おまえは、なんで親父と一緒にいないんだ」

「五年、俺は足を洗ってたんだぜ」

「その足を、もう一度ドブにつけた。そうとも思えるが」

「場合によっては、俺がやるしかない、と考えたこともあった」

「殺しの前は、減量するのか。煙草もやめちまってる」

「どこまでやるべきなのか、俺はまだ決めていない」

「親父にゃ、会ったのか？」

「一度。痩せ衰えて、寝てたよ。S市の小さな旅館だ。この街じゃ、称徳寺にいたらしいがね。おかしな二人組が現われたんで、S市へ移ったのさ」

波崎が、船べりに腰を降ろした。私はフライブリッジへの梯子の手すりを摑んで、立っていた。船底が海面を打ち、船体は震動していた。かなりのスピードだ。群秋生のクルーザーより、ひと回り小さい。その分、揺れ方も違うようだ。

「姫島にゃ、水村がいる。おまえの親父がたとえ島まで行ったとしても、どうやって上陸したんだ。プロの仕事とは、考えにくいな」

「プロだよ。おまえら、親父が街へ入って、久納義正の動静を窺（うかが）っていても、気づきもしなかっただろう」

「確かにな。姿を見るまで、おまえの言ってることを信じる気にもなれねえ」

波崎は、煙草をくわえて黙りこんだ。

キャビンはあるが、入る気にはなれない。革ジャンパーのジッパーを首のところまであげ、キッドの革手袋をした。

かなりの飛沫（しぶき）があがっている。それが時々、アフトデッキにも落ちてきた。

船の揺れ方が大きく変ったので、沖の瀬に入ったのがわかった。私は、立ち続けていた。気分は悪くなってはいない。耐えられそうだ、と思った。

「姫島に、上陸はできねえぞ。どうする？」

「おまえ、上陸したことは？」

「岸壁までさ。そこで、水村にぶちのめされた。血の小便が出たね。あいつは、半端じゃない。殺すべきだと思えば、殺す。そういう男だね」

「行けば、なんとかなるさ」

「ならいいがね」

頭上から降ってくる飛沫が多くなった。スピードも、かなり落ちている。

「いま、沖の瀬に入ろうとしている船がいる。五マイルほど西だ。レーダーで、はっきり捉えられる。二隻だ」

フライブリッジから、若月が呶鳴るように言った。肉眼では、捉えにくい距離なのだろう。特に、これだけ荒れていれば、船は波に隠れる。

しばらく、船は波に揉まれるままだった。私の気分は、おかしくなっていなかった。

「抜けたぜ」

煙草に火をつけ、波崎が言った。揺れが変った。穏やかになった。船のスピードがあがる。私は、フライブリッジに昇っていった。沖の瀬を抜けるまで、昇るなと言われていたのだ。上の方が重いと、船の安定は悪くなるらしい。

「漁船は？」

「まだ、沖の瀬の中さ。やつら、やっぱり姫島の爺さんを狙ってるのか？」

「そうとしか、考えられん」

「四人と言ったな。なにかで、爺さんの動きを摑んだかな」

「できるのか、そんなことが」

「雇った筋がどこか、による」

「なるほど。ホテル・カルタヘーナか神前亭に雇われているとしたら、考えられるな」

「とにかく、爺さんはいま島だ。メガ・ヨットがいるからな」

島は、すぐ前に近づいていた。港の防潮堤も見える。

「島にも、レーダーはあるんだろう？」

「でかいのがな。接近中の三隻は、とうに捉えられてる。水村のやつが、岸壁で待ってるさ。俺は、上陸しようとは思わんね」

「俺が、ひとりで上陸するよ」

「お手並拝見だ、山南。さっき、波崎ともそう話してきた」

防潮堤の外側の、テトラポッドのひとつひとつも、はっきり見えるようになった。私は、アフトデッキに降りた。島が、さらに近づいてくる。

港に入った。

船は鮮やかに岸壁に近づき、停止した。私は、ためらわず岸壁に跳び移った。ドーベルマンが二頭、駆け寄ってきて姿勢を低くした。攻撃の態勢だが、水村の命令がなければ襲ってはこないだろう、と私は思った。ただ立っていた。水村がどこからか姿を現わし、ゆっくりと近づいてきた。

「なんのつもりだ、山南？」

「親父に、会いたい」

「親父？」

「久納義正でも、構わんよ。俺の親父のような人が、きのうここへ来たはずだ。来たというより、流れついたってことだろうが」

「帰れ」

「やり合うことになったな。そんな予感はあった」

「犬が、おまえを襲う」

「犬の急所を、俺は心得てる。人間よりずっと簡単に、動けなくできる」

水村が、私を見つめてきた。しばらく、睨み合う恰好になった。

「撃ち殺せよ。おまえ、拳銃も持ってるだろう」

「逃げる時のために、持ってる。いまは、逃げる時じゃない」

水村が、指を二度鳴らした。二頭のドーベルマンは、水村の後ろに退がった。

私は、ジャンパーのポケットに手を入れた。ナイフの柄。私の掌に合うように、自分で削り直している。水村は、背中に手を差し、ヌンチャクを出した。

「命の保証はしない」

「俺もさ」

私は、姿勢を低くした。ヌンチャクが、音をたてて空気を切り、生きているもののように水村の躰に巻きついた。

睨み合った。さすがに、すごい圧力だった。気を抜くと、押される。押されれば、攻撃はかわしきれないだろう。

私は、徐々に姿勢を低くしていった。ほとんど、かがみこむような恰好だった。

睨み合いが続いた。水村の表情は、まったく動かない。表情だけでなく、躰も動かなかった。お互いに、なにかを測り合っている。八分までは、測る。残りの二分はぶつからなければわからず、そしてその二分で勝負は決まるのだった。

どちらが先に動くのか。どちらが動こうと、それは何分の一秒の差でしかない。

満ちてきた。二人の間にたちこめていたものが、限界まで満ちてきた。切れる。そこで、ほとんど同時に動くだろう。きっかけは、なんでもいい。波の音。風。人の咳払いでもいい。

切れた。私は頭から岸壁に突っこみ、躰を回転させた。耳もとのコンクリートで、ヌンチャクが弾けた。立ちあがった時、全身が痺れたようになっていた。水村のズボンの後ろが裂けている。しかし、血は滲んでいなかった。

お互いに、紙一重でかわした。かわしきれなかった方が、そのまま負ける。ヌンチャクの先が掠めただけでも、刃がわずかに皮膚を傷つけただけでも、勝負は決まる。

二人とも容易に動けなかった。

額に滲み出した汗が、頬を伝い、顎の先から落ちた。ほとんど同時に、口を開け、息を吐いた。音が、すべてなくなっている。見えるのも、水村だけだ。

水村が跳び、私は転がった。

ヌンチャクが、肩を掠めていた。ナイフも。膝の上を浅く斬っていた。

どちらも、かわしきれなかった。

睨み合いが続いた。自分が汗をかいているのかどうかも、私にはわからなくなっていた。痛みもない。かすかに、快感に似たものがあるだけだ。闘いの快感。殺しの稼業に、それはあるものではなかった。

いきなり、眼の前で魚が跳ねた。

生きた鰤だった。私も水村も、とっさに一歩退がっていた。鰤は、コンクリートの上で跳ね続けている。

ゴム長靴を履いた老人が、鰤を摑みあげた。ようやく、私の視界にもほかのものが入るようになっていた。

「面白いのか、殺し合いが」

呟くような口調だが、圧倒してくるような力があった。

私は、老人の顔を見つめた。水村が、一歩出て、私と老人の間に入る素ぶりを見せた。

老人が、それを押しのける。

「若いの、この鰤を捌け。おまえのナイフは、よく切れそうだ」

「あんたは？」

「人の土地に来たら、自分の方から名乗るもんだ」

「山南、という者です。親父を捜しに来ましてね」

　汗がひいて、躰が冷たくなっていた。

「きのうの老人が、この男の言う親父のようです。気をつけてください、会長。専門家です。私が、間に入るまでそこを動かないでください」

「余計なことはするな。市来を親父と言うなら、専門家に決まっとる。こいつは、市来ほどの腕はないな」

　久納義正だった。私が想像していた姿とは、まるで違う老人だった。

　久納が市来の名を知っていて、しかもまだ生きている。つまり、市来は失敗ったということだろう。失敗れば、死ぬ。そういう稼業だった。

「心配するな。おまえの親父は、生きてる。衰弱はしてるが、食えば回復する」

「どこに？」

「船だ。もう起きあがれるだろう」

「あんたを、殺しに来たはずだ」

「若造が。おまえらの人生の倍以上生きた人間の気持が、どうしてわかる。市来は、俺を殺そうなどとはしなかった」

「しかし」

「黙れ。それから、俺の島を血で汚すことは許さん。それでなくても、血の匂いがしみついてしまった島だ。これ以上、人間の手で苛めるな」

「親父は、生きてるんですね？」

「船だ、と言ったろう。水村、この若造を親父に会わせてやれ。それから、船を出す準備だ。つまらんやつらに、俺のスケジュールを乱されてたまるか」

久納は、もう私に背をむけていた。私の足もとで、鰤が跳ねていた。私は、久納の背中を、ぼんやりと見送った。

## 30 刺身

船の台所などとは思えなかった。

業務用の大型冷蔵庫があり、五人分の屍体ぐらいは入りそうな冷凍庫もあった。

久納は、ほんとうに私に魚を捌かせるつもりのようだった。山羊髭を生やしたコックらしい男が、俎板だけ出した。あとは、自分のナイフでやれということなのだろう。

大きな魚を、捌いた経験はなかった。魚ならどれも同じだろう、と私は思った。ナイフで頭を落とす。山羊髭が、口笛を吹いた。

「なんだ、そのナイフ」

私の手もとを覗きこんでくる。無視して、私は解体を続けた。

「すごい刃が付いてるじゃないか。庖丁でも、そんなに軽くはいかない。たまげたね。だけど、魚のおろし方は知らないだろう。私の言うように、ナイフを動かしてみなさい」

悪意を持っているわけではなさそうだった。四十前後という感じで、人の良さそうな男だ。だ。髭に一、二本、白いのが混じっていた。

コックの言う通りに、私はナイフを遣った。皮も引いた。鰤は、いくつかの切身になった。

「砥石、ありませんかね？」

「仕上げ砥石の、いいのがある」

コックが出してきたのは、極上の砥石だった。ナイフを当ててしばらく研いでも、ぬるぬるした感じになるだけだ。刃そのものが鈍ったわけではなかった。鰤の脂が回っているだけなのだ。

「じゃ、刺身にしよう。ただ切ればいいってもんじゃない。切る時に身の組織が壊れれば、味が落ちる。もっとも、君は切り方を心得てる。料理人の切り方とは、ずいぶんと違うようだが」

私はただ、ナイフを馴れたやり方で遣っているだけだった。それが、一番刃を傷めない。

コックが、大皿に大根を盛りあげた。私はそこに、刺身を置いていった。わさびも、生をすりおろしている。

「いいだろう。頭や中落ちは、大根と一緒に煮つけるから」

私は頷(うなず)き、またナイフを砥石に当ててしばらく研いだ。

「会長が、呼んでおられる」

大皿を運んでいったコックが、戻ってきて言った。私は、コックについていった。船の上だが、まったく揺れないので、建物の中にでもいるような感じだった。

小さなテーブルを挟んで、市来と久納が腰を降ろしていた。テーブルには、大皿が置かれている。市来が、じっと私を見つめてきた。

「大丈夫なんですか、親父(おやじ)さん？」

「俺が病気だと思ったのか、定？」

「やつれてましたよ」

かすかに、市来が笑った。

「こいつは、ほとんどめしを食っていなかっただけだ。躰(からだ)は健康体で、点滴二本で脱水症状もほぼ回復した」

「なんで？」

「遭難者になって、この島に入りこんだわけだ。なかなか頭はいい。遭難したと信用させるために、食まで断つ気力もある。俺がもともと医者であることにつけこんだ、巧妙なやり方だな」

眼だけは、死んでいなかった。仕事を踏む、という眼をしていた。

「約束、守ってくれなかったんですね、親父さん」

「おまえも、俺を三日放っておいちゃくれなかった。お互いさまだ」

私は肩を竦めた。

「煙草を喫いな、定」

仕事は終った。市来はそう言っている。つまり、降りたのか。降りるなら、なぜここまでやったのか。

ポケットを探ったが、煙草は持っていなかった。久納が、別のテーブルの上の箱を指さした。それを開けると、葉巻が入っていた。吸口に、穴がなかった。そのままでは、空気が通りそうもなかった。私は、胸ポケットの小さなナイフを出して、端をちょっと切った。

「ほう、切れるな。おまえが言ってたことはほんとらしいな、市来。水村が持て余していたし、刺身の切り口は見事だし」

「こいつ、ほかに能がねえんですよ」

まるで、古い知り合いのような口のきき方だった。私は、葉巻に火をつけた。仕事は終った。口から煙が出た時が、そうなのだ。

「この刺身を、三人で食おう。市来も、もう食えるはずだ」

「腹が鳴ってまさあ」

促されるまま、私は椅子に腰を降ろし、刺身に箸をのばした。

「終ったな」

市来が、ぽつりと言った。

「あとは、おまえは見ているだけでいい」

「なにを、見てるんですか？」

「起ることの、すべてをだ」

意味はわからなかった。ひと切れ、刺身を口に運んだだけで、私は箸を置いた。うまいともまずいとも、感じなかった。

「五時に、出港できます」

水村が入ってきて言い、久納は黙って頷いた。

「夜間航行になります。それに、漁船が二隻うろついてます。自分がいなくても、ほんとうに大丈夫ですか？」

「市来が、俺を殺せなかった。俺は、まだ死ぬ時期じゃないってことだろう」

「しかし」

「男は、黙って死ぬ覚悟をせにゃならん時もある」

「会長、まさか」

「おまえにだけそういう覚悟をしろ、なんて俺は言わんよ」

久納が笑った。水村は、じっと久納を見つめている。

「自分は、クルーザーで待機します。無線はいつでもウォッチしています」

「おまえも、手出しはするな。余計なことも考えるな。この若いのと同じように、見ているだけでいい」

「わかりました」

「もう行け、重夫。おまえも、もうちょっと自分を出すようにしろ」

水村が、頭を下げて出ていった。

「男ってのは、厄介なもんだな、市来」

「そうですかね」

「おまえは、自分を厄介だとも思っちゃおらんのか。水村もそうだ。惚れた女がいるのに、好きだとも言えんで、黙って酒を飲んでるだけだ。もっとも、水村はおまえと逆で、ずっと歳上の女に惚れちまったんだが」

私は、葉巻の煙を吐いた。水村が惚れているのは、悦子かもしれない、とふと思った。ありそうだ、という気はする。

市来と久納は、焼酎を飲みながら、時々刺身を口に運んでいた。

時計を見ると、四時半を回ったところだった。五時に出港、と水村は言っていた。私は窓のそばへ行き、港の中を見た。若月のクルーザーは岸壁に繋がれ、二人ともアフトデッキに出した椅子に腰を降ろしていた。

大きな船だ。三層になっていて、さらにその上にフライブリッジがある。キャビンも、数室あるのだろう。

岸壁を歩いていく、水村の背中が見えた。私は、左の肩に手をやった。ヌンチャクが掠めたところだけ、いくらか腫れて熱を持っているようだった。

いまいるのは、中層のリビングルームの端で、中央には大きなテーブルとソファがあった。

「俺は、納得したわけじゃねえぞ、市来」

久納が言っていた。

「男ってのは馬鹿だ、と思うだけだ。そして、馬鹿を止められないことは、よく知ってる。やりたいようにやらせておくしか、手はないんだってな」

「こう言っちゃなんですが、久納さんも馬鹿ですよ」

「馬鹿同士か」

「それでいいじゃないですか」

「おまえに、大きな借りを作ることになるかもしれん」

「遭難して、流れついたのを助けられた。だから、五分五分でしょう」

なんの話かよくわからなかった。

焼酎を飲んでいるところを見ると、市来の躰はほんとうになんでもないのだろう。市来が酒を口にしているのを見るのは、はじめてのことだった。

「おかしいか、定？」

「酒、いつから飲めるようになったんです？」

「ガキのころから、酒は飲めた。やめていただけだ。この五年、俺はまた飲んでる。おまえにゃ、はじめて見せる姿だな」

「なんで、やめていたんですか？」

「俺たちにゃ、稼業ってやつがあったろう。なにか断たなきゃ、やれん稼業だったよな」

「そのために？」

「おまえだって、仕事（ヤマ）を踏む前にゃ、煙草を断ってた」

「そうですね」

「仕事（ヤマ）か」

久納が言った。

「実にいい響きのある言葉だ。俺は俺の人生で、仕事（ヤマ）なんて呼べるものにゃ出会わなかった」

「大事業を、やったじゃないですか」

「俺は、事業なんてやりたくはなかった。成行きに流された。おまえらは、違うな」

「俺は、久納さんみたいに生きたかったですよ。望みが、なんでもかなえられるわけじゃない。だから、人を殺す稼業を続けてきたことを、後悔もしてませんが」

私は葉巻を吸った。火は、いつの間にか消えてしまっていた。

「出港準備は、終了しております」

中年の男が、入ってきて言った。

「五時に、舫(もや)いを解け」

久納が言った。男は一礼して出ていった。私は、葉巻を灰皿に置いた。私には、紙巻の方が似合う。葉巻の煙は匂(にお)いも強かった。

「夜の海が好きでな」

どちらにともなく、久納が言った。呟(つぶや)くような口調だった。

「明りを全部消すと、それこそ闇(やみ)の懐に抱かれたという感じだ。いろいろな男のことを、思い出す。そうしなけりゃ思い出さんというのが、いかにも浅ましいが」

「そんなもんでしょう。俺は、自分の稼業で倒した標的(マト)は、全部憶(おぼ)えていますが」

「おまえの稼業か」

「そう。俺の稼業です。相棒は、こいつだけでしたよ」

「俺の相棒は、闇だけだな。乗っていた重巡が沈んで、二昼夜海に浮いていた。次々に、まわりの人間が沈んでいった。あの時から、闇が相棒だ」

久納が笑った。

舫いが解かれたようだ。船が、ゆるやかに動きはじめている。

「ナイフを遣った刺身、なかなかのもんだったぞ、若いの」

久納が立ちあがる。

船は、一度汽笛を鳴らした。

## 31 船

かすかな揺れがあった。

沖の瀬を越えているところだろう、と私は思った。スピードは出ていない。のんびりと歩いている、という感じだった。

外は、もうほとんど暗くなっていた。

「親父さんが、久納義正を狙って、小舟で流れついたのは、わかりました。久納に近づく方法として、それしかなかったでしょう」

大きなテーブルを挟んで、私は市来とむかい合っていた。

「失敗(ドジ)ったんですか？」

「俺はまだ、そんなにやわになっちゃいなかった。それは、確かめられた」

「どういうことです？」

「最初に言った通りさ。頭ん中で、仕事(ヤマ)の手筈(てはず)をあれこれ考えた。こうやればいい、という結論も出た。そして俺は、その通りになるかどうか見届けようとした。ただ、蒲団(ふとん)の中で見届ける気はなかった。手筈通り、やってみた」

「しかし、久納義正は生きてますよ」

「はじめから、俺は本気で久納さんを倒そうとは考えちゃいなかった。五年前と較(くら)べて、やわになってねえかどうか。それだけを確かめたかったのよ」

「じゃ、倒すチャンスはあった？」

「ほんとうに倒さなきゃなんねえなら、この仕事(ヤマ)は受けてねえ。七年前に調べて、殺しちゃならない人間だと俺は思った。それはいまも変りねえ」

「仕事(ヤマ)は、受けたんですか、受けてないんですか？」

「美恵子は、受けたろうよ」

「それは、親父さんの仕事(ヤマ)じゃないってことですか？」

「この五年、美恵子が受けたもんは、俺の仕事(ヤマ)だったさ。くだらねえ仕事(ヤマ)を、仰山受けた。しかも安い金でな。標的(マト)はみんな、野良犬を空気銃で撃つみてえに簡単に倒せた。そんなのしか、受けなかったんだからな」

「そうですか」

「もう、潮時だと思った」

なんの潮時なのか、市来は言わなかった。私はクルーのひとりから貰った煙草をくわえ、火をつけた。船長以下五人のクルーが乗り組んでいるらしい。

「潮時だと思った時、昔と較べてやわになってるに違いねえって気がした。それが、たまらなくいやでな。理屈じゃねえ。自分がやわになってると思うと、我慢ならなかった」

煙草を一本喫い終えるまで、私はなにも喋らなかった。

市来は、まだチビチビと焼酎を口に運んでいる。特に酔ったようには見えなかった。この五年間、酒は飲んでいたという。つまり、仕事を踏んでいるという気はなかったということなのか。

「俺には、足を洗えって言いましたよね」

煙草を消し、私は言った。

「親父さんは、洗わなかった」

「俺も、足を洗おうとしたさ。ところが、おまえと別れてから、美恵子がまず変った。金を使う、欲しがる。それがひどくなったな。俺は、慎ましくやれば老後を過せるだけの金は、持ってたんだ。しかし、美恵子は三十一だった。先が長くて、俺が持ってた金だけじゃどうにもならねえって言い出してな」

「それで、手軽な殺しを？」

「美恵子のために、少し稼いでおいてやろうって気になってな。技倆(ぎりよう)はある。おまえと一緒に踏んだ仕事(ヤマ)と較べりゃ、子供の遊びみてえなもんだったよ」

「それでも、仕事(ヤマ)でしょう？」

「仕事(ヤマ)じゃねえな、あんなのは。ただの殺しってやつよ」

「俺に、いろいろ教えてくれましたよね。ナイフの遣い方から、銃の撃ち方、撤収の仕方、標的(マト)の観察の仕方。その中に、すぐ倒せるような標的(マト)は狙うな、というのもあった。苦労して倒した標的(マト)に失礼だってね」

「俺が、稼業にいろいろ制限をつけてたのは、おまえと組んでた間だ」

「俺は、親父さんのやり方なら、許されると思ってましたよ」

「腐ったのさ。俺は腐った。反吐(へど)の出るような殺しばかりやって、肚(はら)の中が腐ってきた」

「わかりました」

「ほんとに、わかっちゃいねえだろう？」

「ほんとにわかるって、どういうことなんですか。ほんとのことなんて、なにもない。人が生きてるのだって、幻みたいなもんだ。だから、俺たちの稼業も許されたんじゃないんですか」

幻が、幻と思えなくなる。生きることに、なにか意味を見つける。市来には、それが出てきたのだろう。しかも、反吐が出るような意味を欲しがった。

美恵子に、金がかかるようになった。そういうことだろう。それは、美恵子に生きることの意味を、市来が見てしまったからだ。

「奥さん、そんなにいいですか？」

「溺れたね、俺は。五十になるまで、俺は女を買うことしか知らなかった。惚れたんだと思う。違う人生がはじまったんだって気がした」

「つまんない女ですよ。俺は黙ってたけど、奥さんが十九の時」

「知ってる」

市来が、私を見つめてきた。

「おまえが、美恵子の俺の前の男だった。ステディという意味ではだ」

市来が、ステディなどという言葉を使うのが、私にはおかしいというより悲しかった。

「俺と付き合ってる間も、ほかの男に色眼を使ってた。抱かれてもいたと思います。そういう女だった。親父さんも、そういう男のひとりに過ぎなかったんです」

「そうだよ。俺は最初、美恵子を買ったんだ。金を出して、ひと晩買った。若い躰ってのが気に入ったから、二回目も買った。三度目に、あいつは金はいらねえと言った。貰って抱かれたくなんかないってな」

「手管だな。もっと金が出てくる、と思ったんだ」

「どうかな。あれは、何度も変った。おまえと付き合ってたころは、子供だ。俺と暮すようになると、家庭的になったよ。そりゃ、俺の世話をよくしたもんさ。俺は、少しぐらいの贅沢をさせてやりてえと思うようになったし、別れたくねえとも思いはじめた」

「親父さんと暮しはじめたあとのことは、俺は知りません。知ろうとしてこなかった。どんな女だろうと、親父さんがいいと思うんならと」

「それもわかった。だけどなあ、定。美恵子は変ったよ。俺は博奕を慎んで、ちょっとした贅沢をさせたが、そのころから磨いたようにいい女になっていった。外見もそうだが、床の中でも俺を喜ばせる。男が、のたうち回って最後にゃ白眼をむく。そんなことがあるんだって、はじめて知った」

「見苦しいですよ、親父さん。股を開いて、鮪みたいに転がってるだけの女じゃないですか」

「はじめは、確かにそうだったさ」

「女は、女です。どう変ろうと」

「そうだよな。おまえなら、そう言うだろうな。だけどよ、二十一の美恵子と三十一の美恵子は、違う女だった。まるで違う女だったよ。床の中で、あれが急に変ったのは、俺が五十六の時だ。九年前さ。俺のほんとうの稼業がなんなのか、あれが知った時でもある」

「もういいですよ」

「あれは、変り続けた。三十六のいままで、ずっと変り続けてきた」

「もういい、と言ってるじゃないですか」

「空気銃を撃ちたがってな。やらせてみると筋はいい。三十メートル離れてても、マッチ箱に当てやがるようになった」

私は、煙草に火をつけた。船の揺れは、いつの間にか感じなくなっていた。

「俺は、女で腑抜け（ふぬ）になった親父さんなんか、見たくなかったですよ。女に贅沢をさせるために、つまらん殺しを重ねてきたなんてね、反吐が出ます。錆（さ）びついて、腐って、眼も見えなくなっちまって」

「定、おまえは俺の倅（せがれ）みてえなもんだった」

「俺の親父は、もっと男らしかったです。見かけは普通でも、男の中の男だった」

「潮時なんだな、やっぱりいまが。俺はやわにはなってねえからな、定。それさえ確かめられりゃ、もういい」

「腐ってるじゃないですか、代りに。確かに、遭難者を装ってあの島に入るなんて、やわじゃできません。俺もいろいろ考えたけど、方法は思いつかなかった。さすがに、親父さんだと思います。度胸もある。脱水症状を起こすまで、飲まず食わずでいて、それから小舟を盗んで漂流する。やわな男にゃ、確かにできませんよ。だけど、腐ってる。親父さんがやわじゃなかったのは、昔、鍛えたからですよ。二十数年、稼業ってやつを背負って、しっかり立ってたからです。だけど、腐りきって、稼業ってやつを忘れちまってる。それどころか、昔の稼業を汚してます」

「おまえ、俺と組んでいたころと変らねえなあ」

「腐らなかったってだけのことです。俺は本気で、久納義正を倒そうと思ったんですよ。やらなくてよかった。あの人の方が、親父さんよりずっと生きてる。腐ってない。匂いませんものね。腐臭ってやつがない」

「よかったよ」

「なにがです？」

「おまえが、腐ってなくてさ。俺は時々、それを心配してた。なまじ、いい腕にしちまったからな。おまえなら、俺の倍は稼げる。銃を遣えりゃだが」

私にナイフしか遣わせようとしなかったのは、殺人は血だということを、教えたかったからかもしれない。銃を遣えば、血は見えもしない。ナイフでは、相手の血の温かさまでわかる。

「俺は自分で決めます。五年前から、すべてそうしてきました」

「俺が、言った通りにか」

「確かにそうですが、言われたからじゃない。言われたからできるものでもない」

「なかなかの男になった。俺はそう思うぜ。俺が育てただけのことはある」

「その恩を返す方法が、ひとつだけありますね。俺に仕事(ヤマ)を踏ませてください。親父さんを標的(マト)にして、倒してみせますよ」

市来が、私を見つめてきた。冗談を言ったつもりはなかった。新しい仕事(ヤマ)。そして多分、最後の仕事(ヤマ)。踏む気になれば、踏める。金ではない、なにか別のもののために、踏めるはずだ。

「俺は、死んだ方がいいってか」

市来が笑った。

「死ぬの、俺の方かもしれない。親父さん、やわじゃないですからね。それに較べて、俺は、五年も冷蔵庫とかテレビを売ってました」

「おまえ、魂は売らなかったさ」

「はたから見ると、おかしいでしょうね。同じ殺しなのに、まるで違うと俺たちは思ってる」

「それでいいんだ、定。おまえは腐らずにいてくれた。会えてよかったよ。こうして話もできた。とにかく、そうとんがるな。おまえはもう、堅気じゃねえか」

私は息を吐き、窓の外に眼をやった。外の闇は、動いているかどうかわからなかった。かすかな揺れがある。船だと感じさせるものは、それだけだった。

# 32　十二ノット

上層にあがった。

中層と較べると、明りは極端に少なかった。運転席があるところは、まったく光がない。計器盤の夜光塗料が見えるだけだ。

「眠れんのか、若いの」

久納は、運転席の後ろにある椅子に腰を降ろしていた。

「シャワーだけ、使わせていただきました。親父は、焼酎を飲んでましたが、もう眠ったと思います」

「どうかな」

私は、久納の椅子の脇(わき)に立った。この男が、あの街では誰もが畏怖(いふ)している、会長と呼ばれる男なのか。見かけは、市来に似ていた。目立たず、静かで、市来よりはちょっと歳をとっているだけだ。

「暗いですね、夜の海は」

「俺は、これが好きになった」

「なにも見えはしないのに」

「だからさ」

「親父、久納さんを殺しに来たんですよ」

「おまえは？」

「親父にできなきゃ、俺がやろうと思ってました」

「ふん、市来の言った通りの男だな」

「親父、どんな話をしたんですか？」

「いろいろとさ。ひと晩、あいつと喋ってた。おかしな男だ。だが、なかなかの男じゃある。だらしがないところがない男を、俺は信用せん。ひどくだらしなくて、そのくせ忘れたくないものを持ってる」

「親父が殺しに来たってこと、わかってたんですか？」

「漂流して憔悴してるのかどうか、見りゃわかる。それでも、俺は船に運びこんでやったよ。そこまでしてやろうとすることに、ちょっとばかり敬意を払ったんだ」

「親父が、もうちょっと昔を忘れてなかったら、殺されてましたよ」

「そうなればよかったって気もする。だが、あいつは殺しに来たとはっきり言ったよ。殺せたと。それでも殺さなかった。俺にゃ、命ってやつに縁があるんだそうだ」

「言い方は、親父らしいです」

「その様子じゃ、あいつにいろいろ言ったようだな。それだけでも、あいつはいい息子を持った。いまごろ、自分でもそう思ってるだろう」

大きな波が来たのか、船が一度なにかにぶつかったように震動した。

どう眼をこらしても、陸岸の灯は見えなかった。姫島から、さらに沖へむかったという気もする。とすると、沖の瀬は通過していないのか。午前三時を回ったところだ。あてがわれた部屋で私は眠れず、とりとめのないことを考え、それにも飽きて上へあがってきたのだった。

「ハード・スターボード」

久納が言った。舵輪（だりん）を握っていたクルーが、復唱する。

「九十度」

また復唱が聞えた。

「スロー・ダウン。十二ノット」

久納が、椅子から腰をあげた。

「上へ行くぞ。付いてこい」

言って、勝手に梯子（はしご）を昇っていった。身のこなしは軽い。梯子のところまで行くと、レーダーが光を放っているのが見えた。

フライブリッジは、風が吹きつけていた。それにひどく寒い。私は、ジャンパーの襟を立てた。航海灯の明りが、ぼんやりと頭上から降っていて、中にいる時より久納の表情ははっきり見えた。

「朝になれば、騒々しくなる」

「あなたを、殺しに来ている連中がいるんですよ。当然、御存知でしょうけど」

「どうでもいい」

久納は、遠くを見ているようだった。

「おまえは、なにもするな。後ろから付いてきている若造どもが、すべて片付けるだろう。あいつに言われたように、おまえはただ見ているんだ」

私は、後ろをふりむいた。その海域に、クルーザーの光らしいものは見えなかった。かなり離れていて、レーダーにだけ映っているのかもしれない。

「親父は、腐っちまってます」

「だから？」

「情ないですね、俺は。せめて、普通の老人でいてくれればよかった、と思います」

「若造が、なにを言うか」

久納は、ちょっと笑ったようだった。

私は煙草に火をつけようとしたが、ライターの火は風でつかなかった。

「六十年も七十年も生きてりゃ、人間はどこか腐る」

「久納さんもですか？」

「当たり前だ。大事なのは、自分が腐っているかどうかを、知っているかなんだ。そう思わないか、若いの」

「親父は」

「知ってるよ。叫んで、泣いて、のたうち回りたいほど、知ってる。そりゃ、男ってことだぞ。立派な男だ」

「どうですかね」

「若造にゃ見えないものがある。いつかそれがわかって、くやしい思いをする。そうやって、男になっていくんだ」

「わかりません」

「わかる時まで、待てばいい」

相変らず、煙草に火はつかなかった。凍えそうで、私はキッドの手袋をした。久納は、軍手をしているだけだ。

「十二ノットで走ってるんですか？」

「夜間なら、ちょうどいい。付いてくる船には、尾灯が見えているだけだろうからな」

「レーダーを、積んでましたよ。少なくとも、俺が前に姫島に来た時は」

「そうか。じゃ、こっちを見失うことはないな」

「若月の船にも、レーダーはあります」

「人間同士にも、レーダーってやつがあればいいのにな。そうしたら、こんなことは起きない。闇の中を歩いてると、人間は余計なことを考えすぎる」

「殺し屋として雇われたの、親父ひとりじゃありません。追ってきてる連中だけでもないんです」

「どうでもいい」

「命が、かかってるんですよ」

「若いな、おまえ」

久納は、笑っているようだった。寒さで、私は肩を竦めた。キャビンにいる時とは別の、船体が波を切る音が、はっきりと聞えてくる。闇の中でも、海であることを五官が感じ取っていた。

「でかい船ですね、これは」

「贅沢なんだろうな。年に一度、重巡が沈んだ海域に出かけていく。もう十五年、それを続けている。なにしろ、俺が死んだ場所だからな。海の中から、もうひとりの俺が呼びそうな気がするが、いっこうに呼ばれない」

「一度死んだ。そう思ってるんですか」

「誰も、俺を殺せはしない。俺は、あの海域へ行って死ぬことにしているからな。俺がそう思っているかぎり、誰も俺を殺せはせん。俺はただ、けだものが人眼に触れないところで死のうとするように、その海へ出かけていくだけだ」

「まわりの人が、それを許しませんよ」

「重夫がいる」

「水村は、息子みたいなもんですか」

「俺が死ねば、あれも自分の人生を生きるようになる」

市来と組んでいたら、いつまでも私は私の人生を生きようとはしてこなかった、と言われたような気がした。

「勤めていた会社、辞めましてね。どうも、性に合わなかった。親父のことがなけりゃ、俺は単独で稼業に復帰していたかもしれません」

「辞めたか」

久納は、私の方を見ようともしなかった。久納が眼を注いでいるのは、海でもなく、船の舳先でもなく、ただ闇だった。

「見ていろよ、若いの。なにが起きても、おまえの親父をよく見ていろ」

「くどいですね」

「くどいか。くどく言わなきゃ、死に急ぎをするやつがいる。特にあの街は、そんな若造で一杯だ。おまえも、あそこの若造どもとよく似ている」

「自分じゃ、そう思いませんが」

「ナイフ、見事に遣うじゃないか。あんなに刺身ができるとは思わなかった。鰤一匹を無駄にするつもりだったが、市来が言った通り、ちゃんとした刺身ができてた」

「どこをどう切れば刺身になるのか、よくわかりませんでね。ナイフだけは、斬れるはずです。人間の躰を、斬り続けてきたものですから」

「人間の躰は、もうやめておけ、小僧」

「わかりません」

「やめよう、と思うさ」

「誰が、俺にそう思わせるんですか。親父ですか。その資格はありませんよ」

「もういい。下に降りるぞ。おまえ、ひどく寒そうじゃないか」

久納は、先に梯子を降りていった。操舵室に入りハッチを閉じると、外の音はあまり聞えなくなった。建物が移動している、という感じになる。

「百二十度。十五ノット」

久納が言う。船が、ゆるやかに進路を変えるのがわかった。

私は四人乗りのエレベーターで下層まで降り、市来の部屋を覗いてみた。明りをつけたまま、市来はベッドで眠っていた。

ひどく老いた顔だった。しかし、顎のあたりにはいかにも頑迷な線があった。衰えきってはいない。私はそう思った。

明りを消し、私は船室のドアを音をたてないように閉じた。

午前五時を回ろうとしているが、外はまだ明るくなる気配もなかった。

## 33　針路

船の速度が、急に落ちた。

私は、上層の操舵室まで昇っていった。

久納が、腕を組み、前方を見据えていた。外は明るくなりはじめている。

二隻の漁船が、前方をジグザグに走っているのが、薄闇の中に見えた。航跡の白さが、やけに鮮やかだった。

「二人ずつ、乗っています。銃器を持っているだろうと思います」

「わかっている」

「危険ですよ、そんな場所じゃ」

「外からは見えない。偏光ガラスとかいうやつだ。重夫が、船の窓は全部それに替えおった」

「減速させ、停船させる気のようです」

舵（かじ）を握っているクルーが言った。

「よく海を知らん連中だ。これ以上近づくと吸い寄せられます」

「知っていて、無理にやらされているんだろう。そう見える」

「どうしましょう。このままだと、徐々に減速するということになりますが」

「ハード・ポートサイド。九十度」

クルーが、冷静に復唱する。

「フル・アヘッド」

復唱と同時に、船がぐんと加速した。後ろへ躰を引かれるような感じが、わずかにある。漁船が横になり、後方に遠ざかっていった。無線が入った。停船を命じている。攻撃する方法もある、と言っている。久納は、無視していた。

「銃撃です」

外にいたひとりが、飛びこんできて叫んだ。

「ライフルですね。そう口径の大きなものではありません。漁船は揺れているようですから、こちらの船体に命中させるのも難しいでしょう」

久納のそばへ行き、私は言った。市来は、姿を現わそうとしない。久納は、レーダーの画面を覗きこんだ。

「減速だ。二十ノット」

船のスピードが落ちる。三十ノット以上は出ていたのだろう。銃撃は熄(や)んだようだった。

「停船してください。停船」

聞き憶えのある声だった。あの船頭だろう。外は明るくなっていた。海の色も、黒いだけではなくなっている。

「停船しないと、撃つそうです。停船してください」

無線が叫んでいた。

「素人ですね。もっとも、爆薬ぐらいは持ってるかもしれません。船そのものを沈めてしまうという、荒っぽい方法も考えられますし。いまの季節、海じゃ長くもたないでしょうから」

「黙ってろ、小僧」

「俺は、いくらか専門知識があります」

「小僧は小僧だ」

市来は、やはり姿を見せなかった。

ロングライフルを持ってきているはずだ、と私は思った。むこうからこちらは狙いにくいが、揺れのないこちらからなら、ヒットさせることもできる。

私は、エレベーターで下層に降り、市来の船室のドアを開けた。

市来はベッドに寝そべった姿で、天井を見ていた。

「襲ってきてますよ、親父さん」

「どうにもならないような状態か？」

「久納義正は、落ち着いていますが、銃撃が来てます。漁船を近づけるのは危険だとも思います。爆薬を使う連中じゃないでしょうか。そんな感じがします」

「それで？」

「親父さんの、ロングライフルを」

「やめとけ」

「効果としては、それが最上です」

「効果の問題じゃねえ。この船から、鉄砲なんか撃っちゃいかんってことさ。そういう船なんだ、これは」

「じゃ、どうすれば？」

「じっとしてろ」

「いいんですか。仕事(ヤマ)を受けたの、親父さんだけじゃなく、その連中がいま襲ってきてるんですよ」

「素人さ。毛の生えたようなもんだ」

私と同じことを、市来は言った。

「わかりました。じゃ、親父さんと一緒に、ここで待ちます」

市来は、なにも言わなかった。船室には小さなテーブルと椅子があるだけで、二人でいるとさすがに狭かった。ベッドの市来は、身動きひとつしない。

船は、スピードをあげたり落としたりしていた。三度ほど、進路も変えた。そうやって、一時間ほど走り続けた。銃撃は時々来ていたが、船体のどこかに当たったという気配もない。

市来も私も、なにも喋らなかった。

船のスピードが、さらに落ちた。ほとんど停(とま)っているような状態になった。耐えられず、私は船室を飛び出した。エレベーターで上層まで行ったが、久納の姿はなかった。舵輪を握っている、クルーの姿があるだけだ。

私は梯子を昇ってフライブリッジに出た。

腕を組み、久納義正がひとりで立っていた。茶色のキルティングに、黒い帽子。カーキ色のマフラーをしている。

久納の視線の先に、五、六隻の船の姿があった。

若月のクルーザー。ムーン・トラベル所属の、それよりちょっと大きなクルーザー。水村のクルーザー。それに二隻の漁船。

四人の男のうちの二人は、漁船の上でうずくまって動かなかった。残りの二人は、若月のクルーザーに移乗させられている。

「片が付いたんですか」

「なんの片が付くというんだ、若いの？」

「俺には、山南定男という名があります」

「名を呼ばれたかったら、もっとましな男になれ。それまで、小僧だ」

久納の表情は、勝ち誇ったようでも、ほっとしたようでもなかった。むしろ憂鬱そうな感じがする。

私は煙草に火をつけた。ほとんど停った船の上では、なんとか火をつけることができた。

漁船の船頭は、二人とも無事なようだ。

四隻が、並ぶようにして走りはじめた。クルーを二人乗せた水村のクルーザーだけが、軽快に近づいてきて、船をぐるりと一周した。久納は、それも見ていないようだった。腕を組んだまま、遠くの海面に視線をむけている。

水村のクルーザーが、ほかの四隻とは反対の方向に走り去った。

「いい天気ですね」

海面が、朝の光を照り返している。

「気持がいいか、若いの？」

「なにもなきゃ、もっと気持がよかったでしょうけど」

「空に筋みたいな雲が少しある。風も出てくる。こんな日は、荒れる」

「そうなんですか」

「ひどく荒れるな。空は晴れたままでも」

「明るくて、とてもいい日に思えますけど」

「思えるだけさ。冬の光は、船乗りを裏切る。陸じゃ、どうだか知らんが」

穏やかな日。私には、そうとしか見えなかった。風は冷たいが、夜中ほど強くもない。

「異常ありません」

三人で船体の点検をしていたクルーが、下から大声をあげてきた。同じ声が、さらに二度あがった。かすかに、久納は頷いたようだった。なにも言わず、操舵室へ降りていく。

私も続き、ハッチを閉じた。

「スロー・アヘッド。コース・アゲイン」

クルーが復唱する。

「十五ノットで行け。急ぐことはない」

「十五ノット。針路六十度」

船は動きはじめていた。

「市来を、呼んでこい。朝めしにしよう」

私は頷き、エレベーターに乗った。

船室のベッドで、市来は同じ姿勢のままだった。

なにかが終っていない、と私は思った。すべてが終るわけはないにしろ、なにか大事なことが終っていない。市来と久納の間で、終っていないのか。これから、二人の勝負がはじまるのではないのか。

「朝めしだと、久納が言ってます」

「そうか」

市来が、上体を起こした。

「具合が悪い、というわけじゃありませんよね」

「いい気分さ」

エレベーターは使わず、市来は階段で中層にあがった。

「粥（かゆ）を用意した。それでいいか、市来？」

「結構です」

「その若いのも、一緒だ」

「ありがとうございます」

「なに、俺はいつも粥さ」

テーブルに着いた。

二人が喋らないので、私も黙っていた。佃煮（つくだに）が何種類かと、干物がひとつ付いている。

「うまいですね」

「俺が、わざわざ買いに行く理由がわかるか。しかも、金で売ろうとはせん。この干物十枚で、ハバナ産の葉巻が一本だ」

「いいもんですよ、そういうの」

確かに、干物はうまかった。くさやとは言えず、ただの干物でもない。

「俺は、腹が立ってきたぞ、市来」

粥を啜りながら、久納が言った。

「腹など立てておられませんよ。腹を立てる理由なんかない」

「じゃ、なんだ。悲しいのか？」

「さあ」

「冷たいところがあるな、おまえ」

「そりゃ、殺し屋ですから」

二人の会話の意味が、私にはよく摑めなかった。

私は出ているものを全部平らげてしまい、二人が食事を終えるのを待って、煙草に火をつけた。

船は、同じスピードで、同じ方向に進んでいる。

# 34　ライオン

陸岸が近づいてきた。

市来も、操舵室にあがってきていた。

「あそこだ」

久納が指さした。置いてあった双眼鏡を、市来は眼に当てた。

「小さな港ですね」

「まあ、このあたりはあんなもんだ。満潮で、水深は四メートルになる。潮高差はいつも一メートルぐらいだから、底は気にせずにこの船は入れる」

相変らず明るく晴れていたが、久納が言った通り、海は荒れはじめていた。風が出てきているのだ。

「いつもの場所に、接岸します」

クルーが言った。

妙な緊張感が、私を包みこんでいた。それがなんによるものかわからないまま、私は近づいてくる陸岸に眼をやっていた。

「晴れてますね」

「いまいましいほどにな」

「私は好きですよ、こういう日が」

「俺は、嫌いになるだろう」

　港の入口の、赤い灯台が近づいてきた。船はゆるやかに進んでいる。甲板に、三人のクルーが出ていた。

　久納が、帽子を取り、キルティングを脱いだ。市来も、上着を脱いだ。操舵室の暖房は切ってあって、脱がなければならないほど、暑くはなかった。

　市来が、久納のキルティングを着こんだ。黒っぽい帽子も、目深に被った。

「じゃ」

　軽く市来が言う。

「待て」

　久納が言った。

「これを、首に巻いていけ」

　カーキ色のマフラーを首からはずし、久納は市来に差し出した。

「こいつは、暖かそうだ」

　掌でマフラーを揉むようにし、首に巻いて市来は頭を下げた。私を見て、にやりと一度笑い、梯子を昇ってフライブリッジに出ていった。

不吉な予感が、抑え難くなった。

市来を追おうとした私の腕を、久納が摑んだ。意外なほど強く、確信に満ちた力だった。見返した久納の顔は、ただ憂鬱そうなだけだった。

「親父は、なにをやろうとしているんですか、久納さん？」

「見てりゃ、わかる」

「しかし」

「おまえの親父の上着を、俺に着せかけてくれんか」

静かに、久納が言った。

私は、まだ体温の残る上着を持ち、久納の肩に着せかけた。

船が、赤い灯台の横を過ぎた。

接岸作業に入ったようだ。船首を大きく振り、舫いが投げられている。いつの間にか、ひとりが岸壁に跳び移っていた。フライブリッジの市来が、なにをしているのかはまったくわからない。

漁協らしい建物の方から、老人がひとり光の中を歩いてきた。手に包みをぶらさげている。老人は、ゆっくりと岸壁を歩いてきていた。

とっさに、私は双眼鏡に手をのばした。

建物の背後の山の中腹に、なにかが見えたのだ。それは光のようだったし、金属のようにも思えた。徐々に、双眼鏡をあげていく。また光った。すぐに、双眼鏡でそこを捉えた。人。ライフル。スコープのレンズの反射。なにが起きようとしているのか、とっさに私は理解した。

「動かず、見ていろ。おまえの親父は、そう言ったはずだ」

久納の声は、静かだった。

人の姿に焦点を当て、私はズームの倍率を拡大した。黒い服。黒い帽子。三脚に立てたライフルを、じっと構えている。

一度、狙撃者の顔があがった。

美恵子だった。当たり前のことが起きている。そういう気がした。しかし、撃たれるのは、市来ではないはずだ。

美恵子の姿勢は、万全に見えた。しかも、三脚を立てている。息を呑んだ。銃口から、なにかが弾けたような気がしたのだ。

銃声が聞えたのは、しばらく経ってからだった。

「嘘だろう」

私は呟いた。

美恵子の姿は、もう双眼鏡から消えていた。

私は、フライブリッジに駈けあがった。

市来は、仰(あお)むけに倒れていた。死んでいる。見ただけで、それはわかった。美恵子は、いい腕をしている。

「こういうこと、だったんですか」

私は、市来のそばに座りこんだ。

遠くで、銃声が散発的に弾けた。こちらにむかう銃弾ではなさそうだ。撃ち合いが続いている、とぼんやりと思った。

「親父さんらしいな。確かに、やわじゃないや」

薄く開いた市来の目蓋(まぶた)を、私は閉じてやった。穏やかというより、静かな顔をしている。こういう市来の顔を、私は見たことがなかった。

「五年で、やっぱり老いぼれましたよ、親父さん。それでも、やわじゃないけど」

市来の顔が、ちょっと動いたような気がした。それだけのことだった。屍体の顔も、時の経過によって変る。そういうものなのだ。私を、嗤(わら)ったわけではない。

気づくと、背後に久納が立っていた。久納は上着を脱ぎ、市来の躰にかけた。

「親父と、どういう話をしたんですか、久納さん？」

「なにも」

「なにか、言ったでしょう」

「死にたい、というようなことはなにも言わなかった。この港に入る時に、俺のキルティングと帽子を貸してくれ、と言っただけでね。それだけで、俺はわかったが」

「ひと晩、喋ったんでしょう?」

「若いころからの話。おまえを拾ってどんなふうに育てたかって話。女に惚れた話」

「俺を、どう育てたと言ってました」

「気にかかる育て方をした。そう言ってた。しかし、会えた。おまえが、会いに来た。そうも言ってた」

「それで?」

「これから、男ってやつになっていくだろう。そうも言ったな。それだけだ。あとは、おまえの方から船に来た」

私は眼を閉じた。

光を受けた市来の顔が、さらに死の色を濃くしていった。久納が、私の肩に一度軽く手を置いた。

「これから、おまえはいろいろ考えなくちゃならんさ」

「そうですね」

久納の手に、かすかに力が籠められたようだった。それから、離れていった。

「なんなんだ」

岸壁の方から、呼び声が聞えていた。

「いつもの通り、葉巻五本だ」

久納が、フライブリッジの端に行って大声を出した。

「なんだ。なんでもねえのか。おまえがぶっ倒れて、音がして、なにが起きたかと思うじゃねえか。胆が冷えたぜ。生きてんなら、すぐ顔を見せやがれ」

「悪かったな。ちょっと隠れんぼってやつをやってみたくなってな」

「いい歳しやがって、ガキの真似するんじゃねえ」

「いま、葉巻を持たせる。俺は今日は、船から降りんぞ」

「勝手にしろ。俺は、葉巻がありゃいい。おまえの面を見たいわけじゃねえや」

「じゃ、またな」

言って、久納は市来のそばに座りこんだ。私と並ぶような恰好だった。

長い時間、そうしていたような気がする。

水村が、フライブリッジに出てきた。

「狙撃者は女で、その女もまた撃たれていました。口を封じたんでしょう。撃ったのは、二人組です。会長が亡くなったと、まだ信じてるみたいで、背後にいる方もそうでしょう。

二人は、捕えてあります。若月と波崎が、マークしていましたから」

報告する水村の口調に、どんな感情も籠ってはいなかった。

「どうしましょうか。二人に雇い主を吐かせることは、難しいかもしれません」

「なにもない」

久納が立ちあがった。

「誰も、俺を殺そうとはしちゃおらん。だから、なにもすることはない」

久納が、また市来のそばにしゃがみこんだ。

「老いぼれかかったライオンが一頭、ほんとうに老いぼれる前に死んだだけだ」

私は、市来の躰に降り注ぐ冬の光を、ただ眺めていた。

明るく晴れた日だが、海はもうひどく荒れはじめている。

# 冬に光は満ちれど ブラディ・ドール⑬

著者 北方謙三

2018年9月18日第一刷発行

発行者 角川春樹

発行所 株式会社角川春樹事務所
〒102-0074 東京都千代田区九段南2-1-30 イタリア文化会館

電話 03(3263)5247(編集)
03(3263)5881(営業)

印刷・製本 中央精版印刷株式会社

フォーマット・デザイン 芦澤泰偉
表紙イラストレーション 門坂 流





ISBN978-4-7584-4199-5 C0193 ©2018 Kenzô Kitakata Printed in Japan
http://www.kadokawaharuki.co.jp/ [営業]
fanmail@kadokawaharuki.co.jp [編集]　ご意見・ご感想をお寄せください。